Gary Northfield

Julius Zebra

Raufen mit den Römern

DER AUTOR

Gary Northfield schreibt und zeichnet Comics seit 2002, u.a. für die Zeitschrift National Geographic Kids. Tiere und ihr lustiges Leben zählen zu Garys Lieblingsthemen, und oft fragt er sich, was sie wohl über die Welt denken, in der sie leben. Gary lebt in Belvedere, Kent.

Von Gary Northfield sind außerdem bei cbj erschienen:

Julius Zebra – Boxen mit den Briten (Bd. 2)

Julius Zebra – Ärger mit den Ägyptern (Bd. 3)

Julius Zebra – Gerangel mit den Griechen (Bd. 4)

Leif Wolffson – Total verpeilt im Eisbärenland (Bd. 1)

Gary Northfield

JULIUS ZEBRA

Raufen mit den Römern

Aus dem Englischen von Friedrich Pflüger

Mit Illustrationen von Gary Northfield

Unterrichtsmaterialien zu diesem Buch sind erhältlich unter www.schullektuere.de.

MIX
Papier | Fördert gute Waldnutzung
FSC® C014496

Penguin Random House Verlagsgruppe FSC® N001967

7. Auflage
Erstmals als cbt Taschenbuch September 2019

Die Originalausgabe erschien 2015 unter dem Titel »Julius Zebra – Rumble with the Romans!« bei Walker Books Ltd., London.

Neumarkter Str. 28, 81673 München
produktsicherheit@penguinrandomhouse.de
(Vorstehende Angaben sind zugleich Pflichtinformationen nach GPSR.)

Aus dem Englischen von Friedrich Pflüger
Illustrationen: © Gary Northfield
Umschlaggestaltung: init | Kommunikationsdesign, Bad Oeynhausen unter Verwendung des Originalumschlags © Gary Northfield
ml · Herstellung: uk
Satz: Uhl+Massopust, Aalen
Druck: GGP Media GmbH, Pößneck
ISBN 978-3-570-31309-1
Printed in Germany

www.cbj-verlag.de

Inhalt

Du glaubst, du weißt Bescheid über

ZEBRAS?

Nun, da liegst du wohl

FALSCH!

Die meisten Leute glauben, dass Zebras ...
Jippee!
Gras fressen
Mm... Gras! Lecker Gras!
Gras-Rülpser
RÜLPS!
Doof sind
Den Popel müsst ihr sehen!
Tss
Unbeeindrucktes Warzenschwein
Ständig gefressen werden
Mist! Schon wieder!
MAMPF!

Wie Zebras WIRKLICH sind …
Lass mal hören.
Mürrisches Gnu
Lieben ihre Familie und Freunde
Ich hab dich lieb, Mama!
Ich hab dich auch lieb, Kleiner!
Oh! Wir sind die netteste Herde!
Staubkorn im Auge
Schneller als der schnellste Löwe
Keuch!
Schnauf!
Saaaus!
Tschau, Loser!
Und … äh … O.K, sie fressen wirklich viel Gras …
RÜLPS!
Wusst ichs doch.
Also doch total dämlich!
So ein Griesgram!

Aber Julius war nicht ganz wie die anderen Zebras.
Und was noch verrückter ist: er lebte zur…

ZEIT DER RÖMER!!

SPANNEND, ODER?

Kapitel eins

See des Grauens

Das Leben in der staubigen afrikanischen Steppe war für Julius aber nicht nur Zuckerschlecken (also den ganzen Tag Gras fressen). Jeden Mittwoch musste er mit seiner Mutter und seinem (sehr nervigen und blöden) Bruder Brutus zum See.

Julius HASSTE den See…

von GANZEM Herzen!

Er fand, dass die Tiere alle **STANKEN**!

Und sie waren SOOO LANGWEILIG!

Außerdem hatte Julius ständig (und überall) Angst, gefressen zu werden…

Sein Bruder Brutus dagegen fand den See einfach *genial!*

Und sein angeberischer großer Bruder war von allem mit Abstand das SCHLIMMSTE.

Deswegen heckte Julius einen schlauen Plan aus, damit er nicht mitkommen musste. »Schau, Mama«, sagte er. »Die Pfütze hier reicht mir völlig aus!«

»Nein!«, schimpfte seine Mutter. »Du kommst mit zum See wie alle anderen auch!«

»Aber da sind doch die Krokodile ...«

»Da musst du uralt sein oder dich schon ziemlich dämlich anstellen, wenn *die* dich erwischen sollen!«, sagte sie.

»Und was ist mit diesen wilden Löwen?«, fragte Julius.

»Pah! Eher erschlägt dich ein brennender Stein vom Himmel, als dass du von diesen faulen Biestern gefangen wirst!«

»Aber das ist doch verrückt«, sagte Julius. »Ich kenne jede Menge Zebras, die von Löwen gefressen wurden. Das ist das Dümmste, was ich je gehört habe!«

»Jetzt ab zum See, aber dalli! Sonst wirst du dir wünschen, du hättest es nur mit einem zähnebleckenden Löwen zu tun!«

Julius rieb sich noch das Hinterteil, als Brutus heranstolzierte. »Komm schon, Kleiner. Der See ist doch klasse! Viel besser als deine lächerliche Pfütze.«

Und bevor Julius etwas sagen konnte, hatte ihn Brutus schon an den Vorderhufen gepackt und herumgewirbelt.

»Kann man in deiner Pfütze auch einen Rückwärtssalto machen wie in den See? Mal sehen!«

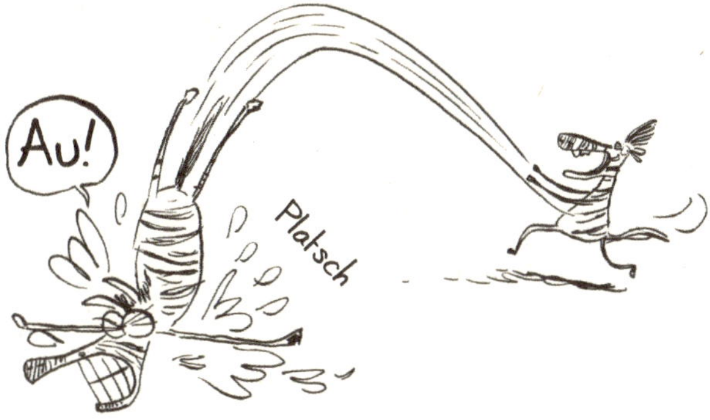

»Nee, dachte ich mir! Auf geht's, Trottel – wer als Letzter ankommt ist ein Warzenschwein!«

Und dann trabte Brutus mit dem Rest der Herde davon.

Kapitel zwei

Stinkloch

»Mach schon, Julius, trink. Davon wird man stark!«, sagte seine Mutter.

Julius schnupperte am Wasser und verzog das Gesicht.

»Wenn du nicht austrinkst, dann wirst du nicht so groß und stark wie dein Bruder Brutus, sondern ein Schwächling – leichte Beute für Löwen und Hyänen.«

»Aber es *stinkt!*«, schrie Julius. »Und dann erst die ganzen Krokodile und Nilpferde, die da reinmachen. Wie kann man so was nur trinken!« Er schnüffelte noch mal und zog wieder eine Grimasse.

»Schau dir Brutus an«, sagte sie. »Hat der etwa Angst?«

An Brutus wunderte Julius gar nichts mehr. Dieser Idiot leckte doch einem Nilpferd den Sabber vom Maul, wenn er damit jemanden beeindrucken konnte.

»Ist mir egal«, erwiderte Julius. »Ich trinke es trotzdem nicht. Behaltet euer Pipiwasser – ich geh wieder heim.«

Er machte kehrt und lief den Hügel hinauf.

Julius hatte keine Lust auf noch einen Tritt ins Hinterteil. Also drehte er widerwillig um.

Als ihm sofort wieder der faulige Gestank des Sees in die Nüstern wehte, versuchte er sich vorzustellen, dass er an einem wunderschönen Teich voll von kristallklarem Wasser stand, das von einem uralten Gletscher hoch oben in den Bergen herabgeplätschert war.

Er zählte bis drei und trank einen großen SCHLUCK ...

Es schmeckte ABSCHEULICH!

Völlig sinnlos, so zu tun, als wäre die Brühe nicht eklig.

»Na, war doch gar nicht so schlimm, oder?«, hörte er jemanden leise sagen.

Julius sah hinunter. Da stand ein kleines, dickes Warzenschwein, das breit zu ihm heraufgrinste.

»Keine Sorge«, fuhr das Warzenschwein fort. »Man gewöhnt sich ruckzuck daran.«

Warzenschweine gingen Julius echt auf den Keks. Hielten sich für oberschlau. Aber das war der Gipfel. Jetzt hatte er *wirklich* genug.

»NEIN, Julius«, schnaubte sie. »Wir sind gerade erst hergekommen. Jetzt benimm dich nicht wie ein Baby!«

Pah! dachte Julius. *Ich bin kein Baby. Denen werd' ich's zeigen! Ich werde alleine nach Hause trotten, und wenn sie dann alle kommen, dann begreifen sie, dass ich sehr gut alleine zurechtkomme.*

Also schlich er sich ganz langsam und heimlich von der Herde fort. Auf leisen Hufen stieg er den Hügel hinauf, duckte sich hinter einen Felsblock und sah sich um. Was sollte er als Nächstes tun?

»Und wo willst du hin?«, quäkte eine vertraute Stimme.

»Lass mich in Frieden!«, schimpfte Julius und versuchte, das Warzenschwein loszuwerden.

»Aber hier schleichen jede Menge Verrückte mit großen scharfen Zähnen herum. Du solltest vorsichtig sein«, sagte das Warzenschwein.

»Na, dann solltest du schnell zu deinen Freunden zurückgehen«, blaffte Julius. »Wir Zebras können Löwen und so nämlich leicht davonlaufen. Bei *dir* bin ich mir da nicht so sicher.«

»Warzenschweine solltest du nicht unterschätzen.« Es hob drohend den Huf. »Den wilden Tieren hier gehen wir ziemlich geschickt aus dem Weg. Außerdem solltest du wissen, dass ein männliches Warzenschwein eine Durchschnittsgeschwindigkeit …«

Julius ging schon den Weg zurück, den er gekommen war. Glaubte er zumindest. Sicher war er sich nicht. Er hatte sich nämlich vorher von ein paar leckeren Kräutern ablenken lassen, anstatt auf den Weg zu achten.

Ist auch egal, dachte er. *Ich bin FREI! Jetzt kann ich hingehen, wo ich will!*

»Herr Zebra! Mein Herr! Ich muss darauf bestehen, dass du zum See zurückkommst. Hier draußen ist es sehr gefährlich!«, sagte das kleine Warzenschwein und tippelte hinter ihm her.

Julius fuhr herum. »Verschwinde! Was willst du überhaupt von mir? Frag meine Mutter und meinen Bruder – die werden dir sagen, dass es sich nicht lohnt, sich mit mir abzugeben.«

»Sie scheint ziemlich hartnäckig zu sein …«, sagte das Warzenschwein, das sich langsam wirklich Sorgen machte. Aber Julius trabte trotzig weiter.

Auf einmal donnerte eine Horde panischer Gnus vorbei.

Danach kamen Giraffen und Antilopen. Alle schrien durcheinander und riefen um Hilfe.

»Hm… vielleicht sollten wir doch zurückgehen… Sonst denken Mama und Brutus noch, ich wäre gefressen worden oder so«, sagte Julius und flitzte zurück Richtung Wasserloch.

»Warte!«, rief das Warzenschwein. »Das ist gefährlich! Da ist doch ein Löwe am See!«

Als sie dann aber über den Hügel kamen, war der See völlig verlassen. Keine Zebras, keine Antilopen, überhaupt keine Tiere – da war nur noch eine Staubwolke.

Julius lief zu der Stelle, wo er vorher mit seiner Mutter und Brutus gestanden hatte. »Ich verstehe das nicht«, keuchte er und starrte auf die chaotischen Hufabdrücke im Schlamm. Man konnte unmöglich sagen, wohin sie geflohen waren.

Das Warzenschwein stupste Julius sachte an. »Hm, ich glaube, wir sollten besser auch verschwinden …«

»Aber wir müssen doch herausfinden, was passiert ist!«

»Ähm … ich fürchte, dazu haben wir keine Zeit«, antwortete das Warzenschwein, starrte nach vorn und zog sich vorsichtig vom Ufer zurück.

Julius, der in dieselbe Richtung spähte, erkannte im wirbelnden Staub den Umriss eines Löwen. Nervös ging nun auch er rückwärts.

»A-aber warum so eine Aufregung wegen einem einzigen Löwen? Da müssen wohl noch mehr gewesen sein, oder?«

»Das ist ein Einzelgänger«, antwortete das Warzenschwein gelehrig. »Die sind viel gerissener als die normalen Löwen im Rudel.«

Das struppige Ungeheuer kniff nun die Augen zusammen, spähte übers Wasser zu Julius und dem Warzenschwein, ließ die messerscharfen Zähne aufblitzen und stieß ein dröhnendes Gebrüll aus.

Sie wollten gerade die Flucht ergreifen, als plötzlich schauriges Fauchen und Bellen um den See hallte, wie es Julius noch nie gehört hatte.

Auch der Löwe erschrak und machte einen Satz nach hinten. Dann kam durch die Bäume ein Rudel aufgeregter Wölfe auf sie zugejagt.

Entsetzt hasteten Julius und das Warzenschwein den Hügel hinauf und liefen weiter, was ihre Hufe hergaben.

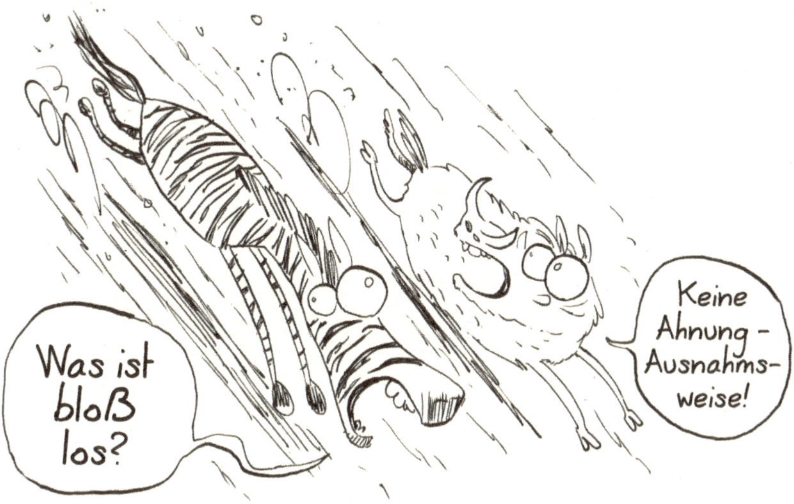

Als sie so galoppierten, gab plötzlich der rote Boden unter ihnen nach und sie stürzten in eine riesige Grube.

»WELCHER IDIOT HAT HIER DIESES BLÖDE LOCH GEGRABEN?!«, brüllte Julius und schob das haarige Hinterteil des Warzenschweins von seinem Gesicht.

Das Warzenschwein schüttelte sich ab. »Ich habe schon von diesen Gruben gehört, und wenn ich recht habe (was ich nicht hoffe), dann sitzen wir ganz schön in der Tinte.«

Julius wollte gerade fragen, was Tinte ist, als noch ein Bündel aus Fell und Knochen auf ihn herunterplumpste.

»HE? WAS SOLL DAS?!«, schrie er und mühte sich, das dicke Ding von sich herunterzuwuchten. »WIESO MÜSSEN HIER LAUTER IDIOTEN AUF MEINEM KOPF LANDEN?«

Als die beiden merkten, wer es war, sprangen sie verzweifelt an den Wänden der Grube hoch und kreischten schrill: »EIN LÖWE! EIN LÖWE! HOLT UNS RAUS! HOLT UNS RAUS!«

Von ihrem Geschrei war unter dem wilden Knurren und Gebell der Wölfe aber nichts zu hören. Dann war oben eine dröhnende Stimme zu hören: »Zurück, Jungs, zurück! Ich brauche diese Tiere LEBEND!«

Julius sank an den Grund der Grube zurück und seufzte tief.

Kapitel drei

Unterwegs

Julius saß zitternd unten im Loch, und als er die grimmigen Stimmen oben hörte, wurde er von seinen Gefühlen überwältigt. Er hatte Angst, war wütend und außerdem sehr verwirrt. *Erstens*, dachte er. *Nenne ein Zebra NIEMALS ein »gestreiftes Pferd«. Zebras sind nämlich völlig anders als Pferde!*

Julius Zebra

DIE UNTERSCHIEDE ZWISCHEN

EIN PFERD

JULIUS SAGT:

SIEHST DU?

präsentiert:

EINEM PFERD UND EINEM ZEBRA

EIN ZEBRA

JULIUS SAGT:

VÖLLIG VERSCHIEDEN!

Zweitens, fragte er sich. *Was hat das mit dem Typen mit dem toten Vogel auf dem Kopf wohl zu bedeuten? Und warum glänzt er so?*

Aber bevor Julius eine Erklärung verlangen konnte, warfen zwei kräftige Männer ein Netz über die drei Tiere und hievten sie mit einer langen Stange aus der Grube.

»Werft sie in die letzte Kiste!«, bellte Toter-Vogel-Hut-Mann und zeigte mit seinem Stock auf eine Reihe von Karren.

Die Männer schleppten das prall gefüllte, zappelnde Netz zu den Pferdewagen hinüber und schüttelten die Tiere in einen der Karren, wie Brotkrumen aus einem Tischtuch.

Aus Furcht vor dem Löwen drängten sich Julius und das Warzenschwein an die Bretterwand der Kiste. Seltsamerweise schien sich der Löwe aber überhaupt nicht für sie zu interessieren und rollte sich erschöpft am Boden zusammen.

Der arme Julius konnte sein Pech nicht fassen. Gerade erst hatte er seine Freiheit genossen, da wurde er auch schon mit einem Warzenschwein und einem Löwen zusammengepfercht!

»Keine Sorge, mein Freund«, sagte das Warzenschwein. »Wo sie uns auch hinbringen, ich weiß genug Geschichten und interessante Dinge, um uns unterwegs bei Laune zu halten.«

»UND SCHON GEHT'S LOS!! HIIILFEEEE!!! RETTET MICH!!!«

Toter-Vogel-Hut-Mann achtete nicht auf Julius' Flehen, sondern galoppierte zur Wagenkolonne und rief: »Bringt die Viecher in Bewegung! Wenn wir das Schiff verpassen, dann landet ihr ALLE in der Arena!«

Julius zog den Kopf wieder ins Innere und ließ sich

seufzend auf den Boden sinken. »Ich versteh einfach nicht, was los ist: ein Schiff, eine Arena, ein glänzender Typ mit einem toten Vogel auf dem Kopf? Die ganze Welt ist wohl übergeschnappt!«

»Nun«, sagte das Warzenschwein hilfsbereit. »Der Kerl mit den Vogelfedern auf dem Helm ist jedenfalls ein römischer Soldat. Wahrscheinlich ein Centurio.«

Belustigt fragte Julius: »Ein ›Zehnt-Schuh-Rio‹? Was soll das denn sein?«

»Nun, gut, dass du fragst!«, grinste das Warzenschwein. »Soweit ich gehört habe, kommen diese römischen Kerle aus einem seltsamen, fernen Land und sie wollen jede Menge anderer seltsamer Länder übernehmen – hauptsächlich, indem sie dort alle verdreschen!

Der Anführer trägt diesen Federhut, damit er größer als die anderen aussieht! Und an seinem großen Stock sieht man, dass er der *Chef* ist. Aber pass auf – wenn er dich nicht mag, kann er dir damit auch eins überziehen.«

Julius legte den Kopf zwischen die Hufe und schluchzte.

»Übrigens«, meinte das Warzenschwein. »Ich bin Cornelius. Schön, dich kennenzulernen.«

»Julius Zebra«, schniefte Julius und schüttelte ihm den Huf.

»Wie nett, dass wir uns getroffen haben, Debra«, sagte Cornelius.

»Nicht Debra, ZEBRA!«, erwiderte Julius.

Cornelius zuckte mit den Achseln und streckte dem etwas heruntergekommenen Löwen, der immer noch mitten in der Kiste lag, seinen kleinen Huf hin. »Und du, mein Herr?«

»Oh, kein Problem«, sagte Cornelius. »Willst lieber für dich bleiben. Schon in Ordnung, alter Knabe.«

Unter Schwanken und Schütteln setzte sich der Karren in Bewegung, weg vom Wasserloch.

»Aber wohin werden uns die Römer bringen? Und was *wollen* sie mit uns?!«, wimmerte Julius und klammerte sich verzweifelt fest.

»Nun«, meinte Cornelius. »Ich glaube, sie sagten etwas von einer Arena. Wir sollen also wahrscheinlich in den Zirkus, um dort die Spiele zu sehen. Das hört sich doch ziemlich lustig und aufregend an!«

Als vom Zirkus die Rede war, sah der Löwe auf und machte nur: »PAH!«

»Was passiert denn in so einem Zirkus?«, fragte Julius etwas irritiert.

»Oh, lauter tolle Dinge!«, piepte Cornelius.

JONGLIERENDE AFFEN!

HUNDE, DIE AUF PFERDEN REITEN!

BÄREN, DIE MIT STRAUSSEN TANZEN!

»Und woher weißt du das alles?«, fragte Julius erstaunt.

»Ach, der Freund meines Bruders kennt einen Papagei, der ist der beste Kumpel von einem Strauß – dessen Mutter hat sich mit einem Gnu unterhalten, das – und das ist ungelogen – einen Affen gekannt hat, dessen Onkel Bob selbst ein *jonglierender* Affe war.«

Die Aussicht auf einen Zirkus munterte Julius gehörig auf. Er mochte zwar in einer dreckigen Kiste auf dem Weg nach Gott weiß wohin sein, aber wenn dort Spiel und Spaß auf ihn warteten, dann musste das gefeiert werden!

»Daheim singen wir Zebras zur Aufmunterung immer ein altes Lied. Meine Mutter hat es mir vorgesungen, und davor ihre Mutter…« Julius räusperte sich: »Singt alle mit… *DIE RÄDER DREH'N SICH RUNDHERUM…*«

»Pah! Schwachköpfe!«, knurrte der Löwe.

»Ach, komm schon, Griesgram!«, neckte ihn Julius und dachte sofort an die nächste Strophe: *»DER LÖWE AUF DEM KARREN MACHT KNURR, KNURR, KNURR!«*

Der Löwe sprang auf und packte Julius an der Kehle.

»Ganz ruhig, Sauertopf!« Julius stieß ein nervöses Lachen aus. »Ist doch nur ein Lied – brauchst nicht so ein Theater zu machen!«

»Hör zu, das ist kein Witz«, knurrte der Löwe und

drückte Julius die Schnauze ins Gesicht. »Dein dämlicher Freund hier glaubt, er weiß alles, aber er irrt sich. Da gibt's keinen Spaß und keine Spiele, und zurückkommen werdet ihr auch nicht. Dort, wo wir hingehen, erwartet uns nur unser Ende.«

»Was? Keine jonglierenden Affen?«, schluchzte Julius.

Der Löwe grinste höhnisch. »Weißt du, Debra, nur eines ist sicher: du wirst deine Familie nie wiedersehen.« Und damit warf er Julius wieder auf den Boden.

»Das heißt ZEBRA!«, murmelte Julius und rappelte sich auf. »Was ist bloß los mit euch?! Ist das so schwer zu verstehen?«

Kapitel vier

Immer noch unterwegs

Die Sonne brannte vom Himmel und im Karren, der über die holprige Straße rumpelte, war es heiß und stickig. Fast alle waren vor Übelkeit grün im Gesicht.

Je später es wurde, desto mehr Durst bekam Julius. So sehr, dass er sich sogar nach dem stinkenden Wasserloch zu sehnen begann – und nach seiner Familie.

Ich wollte doch nur selbstständig sein, aber nicht so... dachte er. *Komme ich jetzt wirklich in ein weit entferntes Land in den Zirkus? Wie lange muss ich noch in dieser miefigen Kiste bleiben? Werde ich Mama und Brutus jemals wiedersehen?*

Während ihm das alles durch den Kopf ging, rollte er sich in einer Ecke zusammen und schloss die Augen.

Vielleicht wache ich ja morgen früh auf und alles war nur ein schrecklicher Traum. Mit diesem Gedanken nickte Julius ein.

Er wurde von Geplapper aufgeweckt. Inzwischen war es Nacht geworden. Er steckte den Kopf aus dem kleinen Fenster und stutzte, als er alle möglichen Leute in verschiedenfarbigen Kleidern vorübergehen sah.

Was ist da los? Wo SIND wir? dachte er.

Der Karren bog eben um eine scharfe Felsnase und Julius fielen die Augen fast aus dem Kopf, als sich ihm der unglaublichste Anblick seines Lebens bot ...

Da sind wir, Jungs. Unser Ziel!

»Gott sei Dank…« Julius seufzte erleichtert. »Dann kommen wir endlich aus dieser blöden engen Kiste raus. Ich muss wirklich mal wieder die Beine ausstrecken!«

Die beiden Männer, die den Wagen lenkten, mussten herzhaft lachen.

»He, was ist denn so lustig?«, fragte Julius und rieb sich die steifen Knie.

»Wenn du glaubst, dass sie dich gleich rauslassen«, knurrte der Löwe, der ebenfalls wach war, »dann bist du noch dümmer als du aussiehst.«

»Was willst du damit sagen?«, jammerte Julius.

»Wir haben noch nicht einmal die Hälfte geschafft«, fauchte der Löwe.

»Nicht mal die Hälfte?... WIE? SOLL DAS VIELLEICHT EIN WITZ SEIN?!«, plärrte Julius.

»Leider muss ich bestätigen, dass der Löwe die Wahrheit sagt«, meldete sich Cornelius zu Wort und streckte seine Beine, die in der engen Kiste von Krämpfen geplagt waren. »Das hier muss Leptis Magna sein, der größte Hafen in dieser Gegend. Bis Rom sind es mit dem Schiff noch Hunderte von Meilen!«

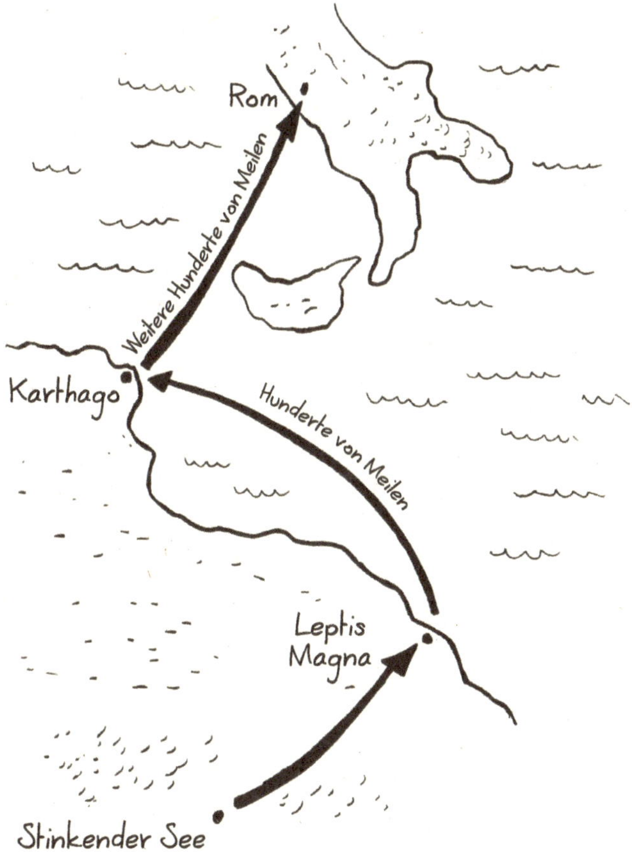

»Ich hoffe nur, dass deine Seebeine besser als deine Landbeine sind«, brummte der Löwe.

»Außerdem solltest du deine Zebragötter anflehen, dass wir keinen Piraten begegnen oder untergehen.«

»Die Römer mögen gut darin sein, andere zu verdreschen, aber von der Schifffahrt verstehen sie wenig«, sagte Cornelius. »Ich bin mir aber sicher, dass alles gut gehen wird. Eben erst habe ich drei Krähen nach Süden fliegen sehen, also wird das Glück uns gewogen bleiben!«

»Oder die Krähen waren auf dem Weg in den Urlaub«, erwiderte Julius, der nicht viel von abergläubischem Zeug hielt.

Cornelius räusperte sich laut und ließ Julius' Bemerkung unkommentiert. »Du wirst sehen. Der Flug einer Krähe hat mich noch nie enttäuscht…«

Kapitel fünf

Ich kam, ich sah, ich kotzte

Ihre Karren hatte man inzwischen auf ein winziges klappriges Schiff gefahren, das von den Wellen herumgeworfen wurde, als würde es auf einem aufgeregten Nilpferd reiten, und Julius dachte: *Das ist die schlimmste Reise meines ganzen Lebens. Eindeutig.*

Er spähte durch die Ritzen der Kiste und sah, dass auf dem Schiffsdeck lauter Kisten mit allen möglichen merkwürdigen Tieren standen. Die meisten hatte er noch nie gesehen, und alle stöhnten, weil sie seekrank waren.

Auch Julius ächzte, als sich das Schiff auf die Seite legte, und kreischte bei besonders übel gelaunten Wellen schrill auf. Die Kisten und Karren schlitterten auf dem regennassen Deck hin und her und krachten so heftig gegen die Bordwände, dass sie beinahe über Bord kippten.

Julius klammerte sich verzweifelt fest und versuchte, nicht dem Löwen auf den Schoß zu plumpsen, der zugegebenermaßen selbst ziemlich mitgenommen aussah. Auch Cornelius war inzwischen grünlich angelaufen.

»NA, WIE LÄUFT'S DENN SO MIT DEINEN GLÜCKSKRÄHEN?«, brüllte er gegen das Tosen von Wellen und Wind.

Ausnahmsweise kam von Cornelius keine Antwort.

Als der Sturm schon Tage – vielleicht auch Wochen – getobt hatte, dämmerte der erschöpfte Julius schließlich in einen unruhigen Schlaf. Er träumte, sein Bruder Brutus sei als jonglierender Affe verkleidet im Zirkus aufgekreuzt.

Noch nie hatte er sich so gefreut, seinen blöden Bruder Brutus zu sehen! »Oh, Brutus! Was hab ich dich vermisst!«, schluchzte er und fiel ihm in die Arme.

»LASS LOS!«, schrie Brutus.

Aber Julius hielt ihn gut fest. »Nein, Brutus. Auch wenn du ein totaler Idiot bist, werde ich dich niemals loslassen!«

»Lass mich endlich los!«, flehte Cornelius. »Schau nach draußen – wir sind fast am Ziel!«

Julius lief rot an, ließ das zappelnde kleine Warzenschwein los, rieb sich die trüben Augen und lugte hinaus. Da stand, groß wie ein Berg, ein Mann mitten im Meer. »He! Segeln wir denn ins LAND DER RIESEN?!«, platzte es aus Julius heraus. »Dieser Typ ist ja GEWALTIG!«

»Keine Sorge, er ist nicht echt«, quiekte Cornelius begeistert.

»Nicht echt?! Was ist er *denn?*«

»Nun, gut, dass du fragst!« Cornelius lächelte selig vor Begeisterung, dass er nach zwei Wochen endlich wie-

der etwas zum Besten geben konnte. »Der Kerl dort ist ein KOLOSS – eine riesige Statue aus Bronze. Die sind gerade voll angesagt. Seit der Koloss von Rhodos eins der SIEBEN WELTWUNDER wurde!«

»Verflixt!«, rief Julius. »Ich wüsste zu gern, was die anderen sechs Wunder sind!«

»Deine unglaubliche Dummheit ist ohne Zweifel eins davon«, knurrte der Löwe.

Bevor Julius eine passende Antwort einfiel, gab es einen großen BUMS, als das Schiff im Hafen anlegte.

»PORTUS AUGUSTI! ALLE VON BORD!«

Kapitel sechs

Alle Wege führen nach Rom

»Hü!«, riefen die Fahrer, als der Landungssteg auf den Kai heruntergescheppert war. Und schon fuhren sie los und bahnten sich den Weg durch Massen von Menschen.

Julius konnte kaum glauben, wie lang und gerade die Straße war.

»Sind die römischen Straßen nicht fantastisch?«, bemerkte Cornelius. »Bei denen gibt's keine engen, holprigen Kurven, die einem ständig den Magen umdrehen!«

Im Vorbeifahren hatte Julius kaum Zeit, all die prächtigen Gebäude an der Straße zu bewundern. Statt der eintönigen Steppe, die er gewohnt war, gab es hier saftiges Gras und jede Menge herrlicher Bäume.

»Wenn ich mir diesen Zirkus angesehen habe, werde ich fressen wie ein König!«, verkündete Julius und streckte die Zunge aus der Kiste, um an dem draußen vorbeifliegenden Gras zu lecken.

Hügel und Felder waren voller steinerner Stämme, auf denen Leute standen. Julius winkte ihnen zu, aber keiner winkte zurück.

Wie unhöflich! dachte er.

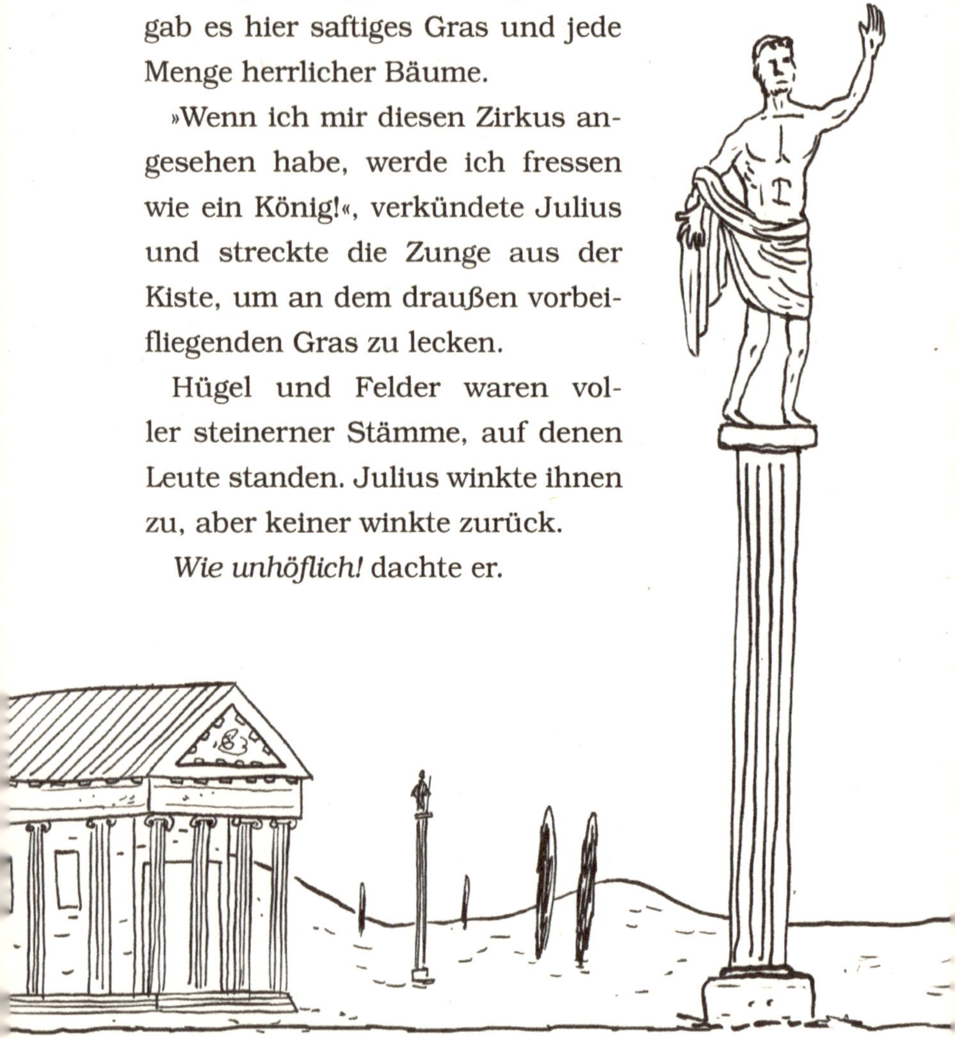

Eine andere Sorte von Steinbäumen hielt die Dächer der Häuser und sogar manche Straßen in die Höhe.

»Die Römer sind eine schlaue Sippe«, rief Cornelius aus. »Diese Straße auf Bäumen ist ein Fluss in der Luft, der Wasser in die Stadt bringt. Man nennt das einen Aquädukt!«

»Wow. Ein A kwä duckt…«, hauchte Julius ehrfürchtig.

»Und *diese* Steinbäume dort«, erklärte Cornelius, »die stützen als Säulen schwere Gebäude ab!«

Julius hatte vielleicht eine halbe Stunde versucht, das alles zu begreifen, als plötzlich eine riesige Mauer mit einem großen Tor vor ihnen auftauchte.

Toter-Vogel-Hut-Mann preschte auf seinem Pferd voraus. »Weiter! Wo klemmt's denn?«, rief er. »Los jetzt mit den Karren! Kaiser Hadrian *persönlich* erwartet uns! Wir dürfen nicht zu spät kommen!«

Ein Torwächter stand vor ihm und versperrte den Weg. »Die Karren dürfen hier nicht durch.«

»WAS?! WARUM NICHT?«, schrie Toter-Vogel-Hut-Mann.

»Du kennst die Bestimmungen, Centurio. Nach Sonnenuntergang keine Karren in der Stadt. Besonders samstags.

Allerdings spricht nichts dagegen, sie *zu Fuß* in die Stadt zu führen …«

Toter-Vogel-Hut-Mann stutzte für einen Moment. »Das ist doch albern«, bellte er. Dann wandte er sich zu seinen Männern. »Also gut! Hört, Leute! Schnappt euch die Tiere – LOS JETZT! HOPP, HOPP!«

»SCHLUSS MIT DEM GEJAMMER! HOLT DIE TIERE AUS DEN KARREN. ICH WILL DEN KAISER NICHT WARTEN LASSEN!«

Wo sind wir hier bloß?

Als Julius – auf den Schultern eines haarigen Barbaren in einer Toga – hastig durch die Menschenmassen Roms getragen wurde, dämmerte ihm, wie weit er von zu Hause fort war. Das Wasserloch schien nur noch ein ferner Traum.

»He, Cornelius«, rief er. »Bist du sicher, dass der Zirkus lustig sein wird? Das, was der Löwe sagt, hört sich ein bisschen anders an.«

»Glaub mir!«, rief Cornelius zurück. »Von diesem jonglierenden Affen reden alle bei uns!«

Julius wandte sich an den Löwen. Der Fahrer, der ihn sehr behutsam trug, war vor Schreck wie versteinert.

»Hörst du, Löwe, du redest totalen Käse! Wie kann so ein Zirkus nicht lustig sein? Du solltest dich mal *entspannen!*«

»Nein, Debra, ich werde mich NICHT entspannen!«, brüllte der Löwe und schlug die Zähne in den Mann, der ihn trug.

Der ließ den Löwen fallen wie eine heiße Kartoffel und hielt sich das schmerzende Hinterteil.

Und damit verdrückte sich der Löwe in der kreischenden Menge.

»HALTET DEN LÖWEN!«, schrie Toter-Vogel-Hut-Mann. Aber der war längst fort.

Über den belebten Straßen erhob sich ein gewaltiges Brausen, das wie zweihundert pupsende Elefanten klang.

»Oh, wie aufregend«, piepte Cornelius. »Das muss der Zirkus sein – ganz in der Nähe!«

»Vergiss es!«, erwiderte Julius, der sich nun doch Sorgen machte. »Was hat der Löwe bloß gemeint? Vielleicht sollten wir auch besser weglaufen …«

»Hör zu«, flüsterte Cornelius dann ganz ernst. »Ich habe von einigen, sagen wir *unangenehmen*, Dingen gehört, die in Rom geschehen, aber die betreffen nur Löwen und andere üble Biester. *Uns* wird nichts geschehen!«

Julius war nicht überzeugt. Der Löwe schien irgendwie mehr zu wissen als die anderen. Aber bevor er antworten konnte, bot sich ihm ein solcher Anblick, dass ihm vor Staunen die Kinnlade herunterklappte. »Wow«, flüsterte er.

BRAUS

Kapitel sieben

Zeigt mir die Affen!

Julius schauderte, als das gigantische Gebäude vom Lärm zehntausender Menschen erbebte. Die umliegenden Straßen waren vollgestopft mit tanzenden und singenden Frauen und Männern und mit Kindern, die zum Spaß mit Holzstöcken aufeinander eindroschen. *Warum um Himmels Willen tun sie das?* fragte sich Julius.

Schon das Gedränge daheim am See hatte ihm nicht behagt, aber das hier war zehnmal schlimmer. In dem Gewühl war ihm fast, als würde er ertrinken.

»Kopf hoch, Julius!«, rief Cornelius, der die Sorge seines Gefährten bemerkt hatte. »Horch auf die Menge! Der Zirkus muss einfach fabelhaft sein!«

Julius versuchte nach Kräften, sich auf all das einzulassen. »Ja, du hast natürlich recht! Her mit den jonglierenden Affen! Juuhuu!« Aber sein Mut sank sofort wieder, als er begriff, dass man sie am Kolosseum vorbeitrug. »HE! WO WOLLT IHR HIN? DER ZIRKUS IST DORT HINTEN!«

»Für euch gibt es einen *besonderen* Eingang in die Arena. Der wird euch GEFALLEN!«, meinte einer der Männer und kicherte.

In diesem Augenblick wurde Julius eiskalt von der Realität eingeholt. Es drehte ihm den Magen um, als hätte er einen ganzen Eimer mit Würmern verschluckt. *Wir kommen gar nicht als Zuschauer,* dachte er ... *Wir sollen im Zirkus AUFTRETEN!*

»ZUM TUNNEL!«, befahl Toter-Vogel-Hut-Mann.

Julius musste schlucken, als man ihn zu einem großen Gebäude auf der anderen Seite des großen Amphitheaters schleppte.

»Hier entlang!«, sagte der Centurio und stürmte in einen finsteren Gang.

Julius, der wegen seines bevorstehenden Auftritts panische Angst hatte, bemerkte einige Männer, die untätig auf den Stufen saßen und dem Treiben zusahen. »HE! KANN VON EUCH SPASSVÖGELN VIELLEICHT EINER JONGLIEREN?!«

»Warum musst du denn so was sagen?«, fragte Cornelius. »Jetzt sind sie mächtig wütend.«

»Sind das denn nicht die jonglierenden Affen? Mir kommen sie wie haarige Gorillas vor. Außerdem haben sie mich wohl nicht gehört«, sagte Julius. »ICH SAGTE: ›SEID IHR DIE JONGLIERENDEN AFFEN?‹«

Die riesigen, behaarten Männer wurden sehr wütend. Sie standen auf, schwangen ihre großen Schwerter und Stöcke und riefen die schlimmsten Schimpfwörter, die Julius jemals gehört hatte.

»He! Einer hat gerade gesagt, ich hätte ein Gesicht wie das Hinterteil einer Ziege! Unverschämtheit!«

»Du solltest jetzt vielleicht besser nicht mehr mit ihnen reden«, meinte Cornelius nervös.

»Ich hab doch nur eine einfache Frage gestellt!«, blaffte

Julius. »Und wenn schon. Die sehen wir doch niemals wieder, oder?«

Cornelius wurde mit einem Mal sehr still. Die Borsten in seinem Nacken sträubten sich. Langsam dämmerte ihm, dass sie sich in großer Gefahr befanden.

Während sie durch den Tunnel jagten, stach Julius ein SEHR vertrauter Geruch in die Nase – nach stinkenden Tieren und Kot, ganz ähnlich wie am See. Und dazu *konnte* er auch noch das gedämpfte Brüllen eines Leoparden hören.

Weiter vorn im Halbdunkel waren Türen aus Eisenstäben. Dahinter sah Julius dunkle Umrisse hin- und herschleichen.

Was geht hier vor? Was sind das für Zimmer? dachte er. Immer neugieriger beugte er sich nach vorn und spähte durch die Gitterstäbe ins Dunkel.

»ZEBRA!!«, schrie jemand laut.

Plötzlich kam aus allen Zellen Gebrüll. Die Türen zitterten und Dutzende halbverhungerter Löwen, Leoparden, Geparden und Tiger schrien im Chor: »ZEBRA! ZEBRA! ZEBRA! ZEBRA!«

»Na, wenigstens sagen sie deinen Namen richtig«, murmelte Cornelius.

»Hör zu, Schlaumeier«, flüsterte Julius zurück. »Sag was du willst, aber der Löwe hatte recht – wir müssen sehen, dass wir verschw…«

Sein Satz war noch nicht beendet, als der Centurio sagte:

»Die hier kommen in die Zelle ganz hinten. Ich werde ausgezeichnet essen heute Abend: der Quästor hat gut für die Biester bezahlt – besonders weil wir ein seltenes gestreiftes Pferd gebracht haben!«

Julius und Cornelius wurden kurzerhand mit einer Giraffe und einer Antilope in eine schäbige, muffige Zelle gesteckt, immerhin weit entfernt von den brüllenden Raubtieren.

»Verflixt noch mal. Dem Himmel sei Dank!«, seufzte Julius und wischte sich den Schweiß von der Stirn. »Ich dachte, es wäre um mich geschehen. Warte mal, von euch hat doch keiner große scharfe Zähne, oder?«

»AAIIIIIIH!! EIN KROKODIL! RENNT UM EUER LEBEN!«

Alle hasteten zur Tür und rüttelten verzweifelt an den Stäben.

»Wartet! Wartet!«, sagte das Krokodil kleinlaut. »Ich bin Vegetarier! Ich werde keinen von euch fressen – versprochen!«

»Ein *vegetarisches* Krokodil?«, stammelte Julius. »Und das sollen wir dir glauben?«

»Oh, ich verstehe gut, dass ihr misstrauisch seid. Es stimmt aber. Zuhause am Fluss habe ich mit allen Tieren Freundschaft geschlossen, die zum Trinken kamen. Ich konnte sie einfach nicht auffressen – sie waren alle so nett!«

»Sie hat wirklich recht, Herr gestreiftes Pferd«, quiekte es leise. »Ich habe sie hier immer nur Stroh und Blätter fressen sehen.«

Julius blinzelte ins Dunkle. »Wer spricht da? Ist da jemand Unsichtbares?«

Julius beäugte die Maus neugierig. »Gehörst du auch hier zum Zirkus?«, fragte er.

»Uuh, nein!«, antwortete die kleine Maus. »ICH WOHNE HIER!«

»Warte mal«, sagte Julius. »Aber warum trägst du eine Windel? Gibt's da unten irgendwelche Probleme?«

»Haha! Das ist doch keine Windel, Herr. Das ist mein Subligaculum – wie es die Gladiatoren tragen. Ich bin Plinius, und wenn ich groß bin, werde ich auch ein Gladiator werden!«

»Ein *Klar-die-jagt-er?* Warum sind hier nur alle so versessen darauf, andere zu fressen?«, seufzte Julius.

»Ich nicht«, sagte das Krokodil.

»Stimmt«, meinte Julius. »Außer dem komischen Krokodil natürlich.«

»Unser kleiner Freund hat doch *Gladiator* gesagt«, bemerkte Cornelius.

»*Gladiator?*«, ächzte Julius. »Was ist *das* denn nun schon wieder?«

»Gladiatoren sind furchtlose Kämpfer, die in einer Arena – wie der über uns – normalerweise bis zum Tod gegeneinander kämpfen. Ich habe schon von ihnen gehört... beten wir, dass wir nicht mit ihnen zu tun bekommen.«

Da sprang die Krokodildame auf und fing an, wie ein Pferd herumzuhüpfen. »Pah, Gladiatoren!«, rief sie. »Mich interessieren nur Wagenrennen! Auf dem Weg hierher hatte ich Glück und konnte eines beobachten.

Hoffentlich können wir auch einmal mit so einem Ding herumsausen!«

»Das hört sich wirklich lustig an. Ich heiße übrigens Cornelius«, sagte Cornelius. »Nett, dich kennenzulernen!« Er streckte seinen kleinen Huf aus und schüttelte dem Krokodil die Krallen.

»Lucia«, antwortete das Krokodil.

»Und ihr ...?«, fragte Cornelius und wandte sich an die anderen.

»Und ich bin Julius Zebra!«, erklärte Julius.

»Schön dich zu treffen, Barbara!«, antwortete Plinius.

»Du musst zu einer seltenen Pferderasse gehören«, meinte Rufus. »Gibt's eigentlich auch welche mit Punkten?«

»Es heißt ZEBRA!«, schrie Julius. »Und ein verdammtes Pferd bin ich auch nicht! Hat denn keiner von euch je ein Zebra gesehen?«

Alle schüttelten die Köpfe und zuckten mit den Schultern. Julius konnte nicht fassen, dass noch keiner von Zebras gehört hatte – wo er herkam, gab es Hunderte von ihnen.

In diesem Augenblick flog die Tür auf und ein struppiges Bündel wurde hereingeworfen. »Steckt ihn hier dazu. Der Satansbraten kann gleich mit der ersten Gruppe raus!«

Das Bündel rappelte sich hoch und warf sich mit schrecklichem Gebrüll gegen das Gitter. Als das Tier auf den Boden zurückfiel, erkannte Julius sofort, wer es war. »Oh, hallo! Hätte nicht gedacht, dich wiederzusehen«, säuselte er.

»Hallo Milus!«, quiekte Plinius. »Hast du etwa noch nicht genug?«

»Warte mal! *Milus?!* Kennst du ihn etwa?«, platzte es aus Julius heraus.

»Natürlich«, antwortete Plinius. »Das hässliche Gesicht würde ich überall erkennen! Milus hat mir alles beigebracht, was ich weiß. Der Kerl weiß *alle* Kniffe, die man als Gladiator kennen muss! Dreimal ist er dem Schwert der Venatores entgangen, bis er fliehen konnte. Ich hätte nicht geglaubt, dass ich ihn wiedersehe.«

Julius fragte sich, warum alle die ganze Zeit von Gladiatoren redeten, als eine schallende Trompetenfanfare die Zellendecke erzittern ließ.

Zehntausend Menschen jubelten und trampelten so laut, dass die Wände wackelten und große Klumpen Gips auf die Köpfe der Tiere herunterfielen.

»He! Das sind wieder die aufgeblähten Elefanten! Hat der Zirkus angefangen?« Julius war ganz schlecht vor Aufregung. »Könnte mir *bitte* jemand zeigen, wie man jongliert? Ich kann das nämlich nicht.«

Alle in der Zelle schwiegen.

Nur Felix stand auf und ging zur Rückseite des Kerkers. »Krass!«, sagte und bückte sich. »Seht euch diesen seltsamen Stein an…«

Julius ging zu ihm.

»Ich liebe Steine«, erklärte Felix. »Ich habe zu Hause eine ziemliche Sammlung.«

Julius hob den Stein auf und zeigte ihn Milus. »Komm schon, Griesgram. Sieh dir den komischen Stein an. Das wird dich aufmuntern.«

»Du bist wirklich ein ausgemachter Schwachkopf, Debra!«, knurrte der Löwe und trat aus dem Schatten hervor.

»Es heißt *Zebra!*«, sagte Julius. *»ZEBRA!* Wann sagt das endlich mal jemand hier richtig?«

»Hör zu, *Zebra*, niemand hier schert sich um deinen blöden Stein. Es schert sich auch niemand um deinen blöden Namen, ganz egal *welchen*. In fünf Minuten werden wir alle Hundefutter sein.

Niemand wird sich erinnern, dass hier jemals ein Zebra, ein Löwe, ein Krokodil oder sonst einer von uns gesessen hat. Wir werden tot sein – und zehn Minuten später wird eine frische Horde von Tieren kommen und getötet werden, und so wird es immer weitergehen, *ad infinitum.*« Der Löwe schleuderte Julius auf den Boden.

»ALSO SCHÖN!«, rief Julius. »ICH HAB ES KAPIERT!« Er klopfte sich mit seinen Hufen ab. »Wir werden *alle* sterben und *niemand* wird sich an uns erinnern. Ich habe es verstanden! ZUFRIEDEN?«, schluchzte er.

»Danke, Plinius«, schniefte Julius. »Aber ich bin ein Zebra, nicht Barbara.« Er setzte sich hin und ließ den Kopf hängen.

»Sag ich doch! Teufel, ist der empfindlich, was?«

Plötzlich wurde die Zellentür aufgerissen. Ein riesiger Mann stand in der Tür. »ALSO, IHR DA! IHR SEID DRAN!« Er knallte mit einer Peitsche. »DAS GILT AUCH FÜR DICH, BARBARA!«

Kapitel acht

Venatio!

Die Tiere wurden aus ihren Zellen in den muffigen Gang getrieben, wo weitere schäbig aussehende Barbaren mit ihren Peitschen knallten.

Plinius, die kleine Maus, lief mit hinaus, um ihnen zum Abschied zu winken. »VIEL GLÜCK! ZEIGT IHNEN, WO DER HAMMER HÄNGT!«, rief er.

Kurz darauf waren sie alle in einen so winzigen Käfig eingepfercht, dass sie kaum hineinpassten.

Der Kerkermeister knallte die Käfigtür zu und rief: »Jetzt haltet endlich die Klappe! Gleich seid ihr draußen an der frischen Luft!

Die Leute haben die ganze Woche hart gearbeitet, also bietet ihnen eine unvergessliche Vorstellung, kapiert?«

Mit dem Peitschengriff schlug er zweimal gegen die Stäbe. Unter lautem Quietschen und Ächzen hob sich der Käfig langsam vom Boden und schrappte dabei gegen die Steinwände.

Dann blieb der Käfig mit einem Ruck stehen. Keiner wagte etwas zu sagen.

Über ihnen öffnete sich eine Falltür und Julius schauderte,

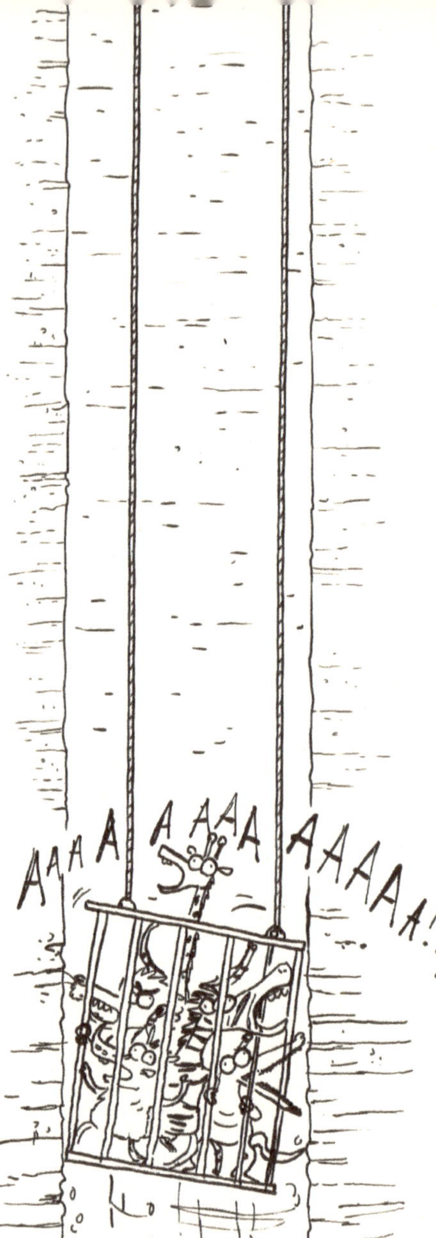

als eisige Luft durchs Gitter hereinwehte. Um sie herum war es gleißend hell, Trompeten schmetterten ohrenbetäubend und der Lärm der Menge brauste erneut auf.

Dann schwang die Käfigtür auf.

»AUF GEHT'S, BARBARA! LAUF UM DEIN LEBEN!«

»Wartet!«, rief Julius. Aber es war zu spät – alle waren schon losgestürmt.

MEINE AUGEN!

Julius war von der grellen Sonne verwirrt und wurde von rechts und links, vorne und hinten angerempelt. Er erkannte nur Schemen, die panisch herumrannten.

Von überall schallten Rufe.

»RENNT UM EUER LEBEN!«

»PASS AUF!«

»MAMI!«

Und dann pfiff etwas an seinen Ohren vorbei.

»BARBARA! PASS AUF!«, schrie Lucia, die vorwärts stürzte und im Dreck ausrutschte.

»He! Wer schießt da spitze Stöcke auf uns!«, kreischte Julius.

Wieder prallte direkt vor seinen Hufen ein Pfeil in den Boden.

Als er aufblickte, stand ein riesiger Schatten über ihm.

»Oha«, sagte der. »Ein gestreiftes Pferd! Das wird ein prima Teppich. Meine Frau wird *jubeln!*«

Er schwang eine riesige, stachelige Keule und brüllte: »Sag gute Nacht, Pferdchen!«

Julius konnte dem Schlag nur entgehen, weil er als Zebra so wendig war und flink zur Seite sprang.

Nur Sekunden später sah er, dass Cornelius in der Ferne von einem Mann mit einem großen, glänzenden Stock gejagt wurde. »CORNELIUS! DER LÖWE HATTE RECHT! DAS IST KEIN LUSTIGER ZIRKUS HIER!«

Eines ist sicher, dachte Julius. *Wir müssen von hier verschwinden, und zwar SCHNELL!*

Aber bevor ihm einfiel wie, bemerkte er gerade noch rechtzeitig den Schatten, der wieder auf ihn fiel.

Der große Kerl war inzwischen ein bisschen mürrisch. »Jetzt hüpf nicht immer weg, blödes Pferd. Ich will deinen hübschen gestreiften Pelz!« Damit schlug er wieder nach Julius.

»Halt«, rief jemand. »Das gehört mir!«

Der Mann ließ die Keule sinken und trat zurück. »Aber natürlich, Victorius. Das Gestreifte ist natürlich für dich.«

Nun stand ein kleiner, dicker und schwer gepanzerter Gladiator vor Julius. Sein Gesicht war hinter einem Metallhelm mit Visier verborgen und er hielt einen großen, scharfen, schimmernden Stock in der Hand. Er trieb Julius gegen die Wand der Arena.

»Hör mal«, stotterte Julius hastig. »Erstens bin ich kein Pferd, sondern ein Zebra. Völlig anders als ein Pferd. Total. Und zweitens hat man mir jonglierende Affen versprochen, und ich LIEBE jonglierende Affen, und ich weiß deshalb gar nicht, warum du so wütend bist, weil das doch ein KOMPLIMENT war!«

Victorius beugte sich vor. »Du redest zu viel, Pferd.« Und damit haute er sein Schwert neben Julius' Kopf scheppernd gegen die Mauer.

Als Julius seitwärts davonhuschte, sah er etwas im Sand aufblitzen. Er kniff die Augen zusammen – da lag EIN GLÄNZENDER STOCK!

Einer der gemeinen Holzköpfe musste ihn verloren haben, dachte er, und sauste hin, um ihn aufzuheben. *So ein Glück!* Er hob ihn in die Höhe und betrachtete ihn. *So, wie macht man das nun mit diesem verdammten Ding?*

Er sollte es gleich herausfinden!

»Ha ha!«, lachte Victorius. »Schaut euch das Pferd mit dem Schwert an. Es glaubt, es wäre ein Mensch!«

Victorius holte mit seinem eigenen Schwert zum tödlichen Stoß aus. »Ein seltsames Tier bist du *gewesen,* Pferd.«

Aber Julius riss sich zusammen. »Wann hören die Leute endlich mal zu? ICH BIN KEIN PFERD …«

Ich bin ein ZEBRA!!

KLÄNG!

Victorius lag benommen im Sand. Er blickte auf die große neue Scharte in seinem Schild. »Du… du hast mich GESCHLAGEN!«, stammelte er. »Du, ein dummes Tier, hast mich TATSÄCHLICH geschlagen!«

Julius betrachtete seinen spitzen Stock und begriff nicht recht, was passiert war. »Ich… tut mir echt leid«, wimmerte er. »Ich weiß gar nicht, was über mich gekommen ist… Bitte töte mich nicht!«

Inzwischen waren überall auf den Rängen die Menschen aufgesprungen und riefen: »Zebra!«

Selbst die Gladiatoren hatten die Jagd auf die anderen Tiere aufgegeben. Keiner hatte je so etwas gesehen: ein Tier, dass sich *mit einem Schwert* gegen einen Gladiator zur Wehr setzte.

Selbst Kaiser Hadrian auf seinem Logenplatz aus Gold und Marmor war aufgewacht und fragte sich, was der Aufruhr zu bedeuten hatte.

»Kein Tier schlägt MICH!«, schrie Victorius.

»Du hast deinen Spaß gehabt, du Biest. Durftest mal kurz im Rampenlicht stehen.«

Ein donnerndes »BUUH« erhob sich im ganzen Amphitheater. Alle waren auf den Füßen, winkten mit Taschentüchern und beschimpften den Gladiator.

Victorius beachtete sie nicht und hob sein Schwert für den Gnadenstoß. Aber die Menge begann zu rasen!

Die Frauen auf den oberen Rängen klagten und schrien; es flogen Steine und auch Nahrungsmittel.

Jemand beschimpfte nun auch Kaiser Hadrian und verspottete ihn wegen der abscheulichen Vorstellung!

Hadrian wollte keine Schwierigkeiten und stand schließlich auf.

Alles wurde augenblicklich still, als der Kaiser die Hand hob.

»Bürger von Rom!«, rief er. »Wir haben hier und heute ein beachtenswertes Beispiel von wahrem Mut erlebt!«

Die Leute sprangen abermals auf und brachen in Jubelrufe aus.

»Dieses arme Geschöpf hat uns ohne es zu wissen den wahren Weg unseres glorreichen römischen Reiches aufgezeigt. Das Schicksal verlangt, dass wir uns aller Widrigkeiten zum Trotz AUFLEHNEN müssen!«

Unten in der Arena lief der erschöpfte Cornelius zu seinem verdutzten Freund. »Gut gemacht, Julius! Puh! Du hast das ganze Kolosseum zum Schweigen gebracht und uns die Haut gerettet! Sogar der Kaiser macht sich Sorgen – da wäre ja fast ein Aufstand ausgebrochen!«

Das Warzenschwein blickte Julius in die Augen. »Weißt du, als wir uns trafen, da habe ich dich für einen totalen Loser gehalten, einen Idioten. Einen größeren Hohlkopf hatte ich kaum je gesehen.«

»Ja, schon klar!«, blaffte Julius. »Jetzt übertreib mal nicht.«

»Aber«, fuhr Cornelius fort, »ich habe mich geirrt. Für ein seltsames kleines Pferd hast du eine Menge Mumm. Und ich glaube, deine Heldentat wird dir noch ziemlich nutzen.«

Julius war ergriffen. Einen Helden hatte ihn noch niemand genannt. So was galt normalerweise für seine Mama oder seinen Bruder, und er blieb im Hintergrund.

Der Kaiser hoch oben in seiner prächtig geschmückten Loge war aber noch nicht ganz fertig.

»In solchen Fällen ist es Brauch, denen, die das Mitleid des Publikums erregen, die Freiheit zu schenken…«, sagte er und blickte direkt auf Julius.

Julius stieß einen Freudenschrei aus.

»Aber«, fuhr Kaiser Hadrian fort, »ich sehe einen anderen Weg vor dir. Einen Weg der Herrlichkeit. Einen Weg des Ruhmes und Reichtums. Einen Weg, wie ihn noch nie ein Zebra beschritten hat!«

»In dreißig Tagen wird mein Geburtstag sein – ein Tag, an dem ganz Rom seine siegreichen Gladiatoren feiern wird«, rief Hadrian. »Dazu werden sich Gladiatoren aus dem ganzen Reich hier im größten je gebauten Amphitheater versammeln und so lange gegeneinander kämpfen, bis nur EINER übrig ist. Und dieser Champion der Champions wird SEINE FREIHEIT ERLANGEN!«

Julius schluckte. *Worauf will er damit hinaus?* fragte er sich.

»Und DU, Zebra,« rief Hadrian und zeigte auf Julius, »wirst als neuer Publikumsliebling ebenfalls dabei sein und um deine Freiheit kämpfen! Du könntest Ruhm und Wohlstand erlangen, wie du es dir nie erträumt hast!«

»WAS!??!«, kreischte Julius. »Das ist kein Weg zu Ruhm und Wohlstand, sondern ein Weg, um meinen Kopf abgehackt zu bekommen. ICH HABE DOCH KEINE CHANCE!!« Julius schluchzte, dass ihm Tränen über die Hufe liefen.

Die mitfühlende Menge begann wieder, den Kaiser auszubuhen und Essen in seine Richtung zu werfen. Keiner durfte so mit IHREM Liebling umspringen.

Der Kaiser schwenkte die Arme, um die Menschen wieder zu beruhigen. »O.K.! O.K.!«, sagte er. »Dann sollst du das beste Training bekommen, das Rom zu bieten hat – zusammen mit Helden und Siegern – an unserer weltberühmten Gladiatorenschule… Ludus Magnus!«

Julius spähte mit verweinten Augen hinter seinen Hufen hervor. »D…dann ist es vielleicht nicht ganz so schlimm… schnüff…«

»Hm…«, machte Cornelius. »Vergiss nicht, dass du die Gladiatoren alle *haarige Gorillas* genannt hast…«

»Oh, ja. Stimmt.« Und sofort schluchzte er wieder leise in seine Hufe.

In diesem Moment trat der Kerkermeister in die Arena und packte Julius. »Also los, Barbara. Gehen wir. Ich bringe dich zu deinem neuen Zuhause.«

»Viel Glück, Julius!«, rief Cornelius und winkte zum Abschied. »Du wirst ein großartiger Champion werden!«

Das ist nicht richtig, dachte Julius. *Ich kann doch meine Freunde nach alldem nicht einfach im Stich lassen!*

Er riss sich vom Kerkermeister los und lief vor die kaiserliche Loge.

»WARTE, Herr Hadrian!«, rief er. »Kann ich meine Freunde auch mitbringen? Sie wären bestimmt tolle Gladiatoren!«

Hadrian runzelte die Stirn. »Wie, der Löwe etwa auch?«

»Nun, der vielleicht nicht…«

»O.K., der Löwe auch!«, stotterte Julius.

»Natürlich!«, meinte Hadrian und entließ sie.

Hadrian hatte kein Problem damit, dass Julius und die anderen Tiere zum Gladiatorentraining durften. Das zögerte ihren grässlichen Tod nur ein paar Wochen hinaus, beruhigte aber das unzufriedene Volk. So war es für alle am besten.

Victorius war AUSSER SICH!

Wie ein trotziges Kind schleuderte er seinen Helm in den Sand. »Da trainiert man Jahre, bis man endlich Gladiator ist. Es ist ein ehrbares Handwerk. Diese räudigen Kreaturen ziehen den ganzen edlen Berufsstand in den Dreck!«

»Still, Victorius. Wenn dir das Herumgefuchtel eines wimmernden Zebras Sorgen macht, könntest du dich ja nach einer ungefährlicheren Tätigkeit umsehen, wie Blumenbinden?« Mit diesen Worten kehrte der Kaiser der Arena den Rücken zu und zog sich in seinen Palast zurück.

Ha ha!
Hoho! Schon lustig so als Gla-diator!

Kapitel neun

Erster Schultag

»WAS SOLLEN DIE WILDEN TIERE HIER? SCHAFFT SIE WEG!«

»Oh-oh«, machte Cornelius. »Das muss der Lanista sein.«

»Wer?«, fragte Julius.

»Der *Lanista*, der Chef. Ihm gehören der Laden und alle Gladiatoren. Ich schätze, es hat ihm noch keiner vom gestrigen Spektakel erzählt.«

»KAUM BIN ICH ZWEI TAGE WEG, SCHON MACHT SICH HIER DAS UNGEZIEFER BREIT!«

Der Kerkermeister stapfte zum Lanista rüber.

»WAS?! Hat er keinen Zoo, wo er sein Spielzeug aufbewahren kann? Ich habe mit den Geburtstagsspielen wahrlich genug zu tun, auch ohne dass ich auf seine SCHOSSTIERE aufpassen muss!«

Julius wollte ihm die Situation erklären. »Es ist nur so«, sagte er und schlenderte zu Septimus hin, »dass ich gestern für uns alle die Chance gewonnen habe, bei Hadrians großer Geburtstagsfeier zu kämpfen.«

Septimus sah ihn von oben bis unten an. »WENN DIESER LÄCHERLICHE ESEL NICHT SOFORT AUS MEINEM BLICK VERSCHWINDET, DANN WERDE ICH IHN PERSÖNLICH MIT EINEM TRITT BIS IN DIE GERMANISCHEN WÄLDER BEFÖRDERN!«

»Ganz schön unhöflich«, sagte Julius und trollte sich. »Ich wollte nur helfen …«

Der Kerkermeister versuchte, Septimus zu beruhigen.

»WAS? *TRAINIEREN?!!* Jetzt hat Hadrian endgültig den Verstand verloren. Kurvt im ganzen Reich herum und tut Jupiter weiß was, und dann kommt er und sagt MIR, was ich zu tun habe!«

Septimus spürte einen leichten Klaps auf dem Rücken. Er fuhr herum, sah aber niemanden. Dann räusperte sich jemand.

»Hallo! Ich bin hier unten«, quäkte es.

»Ähm, nur ganz kurz«, sagte Cornelius und holte ein Paar Flanellhosen hinter seinem Rücken hervor. »Diese Windeln… müssen wir die *alle* tragen? Ich werde bei dieser Hitze nämlich furchtbar schnell wund…«

Septimus stürmte zu Felix und Rufus, die sich gerade mit Holzschwertern balgten. Er riss ihnen die Schwerter aus den Hufen und schleuderte sie in eine Truhe. »LASST DIE FINGER VON DER GLADIATORENAUSRÜSTUNG! DIE IST NICHT FÜR EUCH! VERSTANDEN?«

Julius wirbelte gerade einen großen Dreizack herum.

Septimus marschierte zu ihm hin und trat ihn kräftig ins Hinterteil. »DAS GILT AUCH FÜR DICH, ESEL!«

»Vorsicht!«, erwiderte Julius. »Das Ding ist sehr spitz. Ich hätte es fast ins Auge gekriegt!«

Jetzt reichte es Septimus endgültig.

Noch einmal kam der Kerkermeister zu Septimus, der vor Wut rot angelaufen war, und flüsterte ihm ins Ohr: »Hadrian zahlt dir 20000 Sesterzen für jedes Tier, das du bis zum Beginn der Geburtstagsspiele am Leben erhältst…«

»Zwanzigtausend Sesterzen?«, strahlte Septimus und rieb sich die Hände. »Warum sagst du das nicht gleich? Davon kann ich ja JAHRE in Duftöl baden!«

»ZACK-ZACK!«, bellte er.

Er ging vor ihnen auf und ab, musterte jeden eingehend und blickte ihnen hin und wieder *direkt* in die Augen.

»Also…«, sagte er. »Ihr wollt also alle Gladiatoren werden, was?«

Julius hob einen Huf. »Ähm, ich nicht.«

Septimus riss den Kopf herum. »Ach, du nicht…?«

»Nein. Eigentlich möchte ich lieber nach Hause.«

»OH! Du möchtest also *nach Hause*, ja?«

Julius nickte.

»Und möchte vielleicht sonst noch jemand nach Hause?«

»Herzlichen Glückwunsch!«, rief Septimus freudig. »Da habt ihr alle GLÜCK!«

Die Tiere blickten sich sehr verwundert an.

Septimus fuhr fort: »Diese großartige Schule – in der ihr die edlen Künste von Kampf und TOD erlernen werdet – ist bereits euer Zuhause.«

Julius hob abermals den Huf. »Nur um das noch mal klarzustellen: wir dürfen also nicht *wirklich* in unser *echtes* Zuhause zurück?«

Septimus baute sich ganz dicht vor Julius auf. »NEIN!«, brüllte er. »IHR WERDET HIER LEBEN UND IHR WERDET HIER STERBEN. ES GIBT KEIN ENTKOMMEN!« Septimus richtete sich auf und marschierte wieder in die Mitte der Arena. »Und wer bei der Flucht erwischt wird, den werden wir sofort hinrichten.«

Felix die Antilope reckte einen Huf hoch. »Wenn das so ist, hätte ich gern ein Regal für meine Steinsammlung.«

»Steinsammlung?«, stammelte Septimus.

»Nun, ich habe die Sammlung natürlich nicht bei mir, aber ich finde häufig interessante Stücke, und die sehen auf einem kleinen Regal sehr hübsch aus.«

»Jetzt hört her, ihr nutzlose Bande«, rief Septimus und drohte mit dem Finger. »Gladiator zu sein ist HART. Euer Leben dreht sich nur um den Kampf und darum, nicht GETÖTET zu werden – und dazu ist eine Menge KÖNNEN nötig.« Er blickte sie ernst an. »Hier werden auch keine Freundschaften geschlossen. Eines Tages werdet ihr euch wahrscheinlich gegenüberstehen und bis zum TODE kämpfen!«

Felix wandte sich an Julius. »Ich töte dich nicht – versprochen!«, flüsterte er.

»Ich dich auch nicht«, flüsterte Julius zurück.

»Großes Ehrenwort?«

»Großes Ehrenwort.«

Ein großer, muskulöser Mann mit Bart trat in die Arena und steckte lange Pfähle in den Boden. Septimus ging zu einer Truhe voller Holzschwerter hinüber und warf sie den Tieren zu.

»Nehmt diese«, befahl er. »Holt euch aus der anderen Truhe hinter euch ein Schild und dann stellt euch jeder vor einem Pfahl auf! LOS! MARSCH-MARSCH!!«

Ausgezeichnet!

»Also«, donnerte Septimus. »Diese Pfähle sind jetzt euer GEGNER!«

»Was? Wir kämpfen nur gegen große Stöcke? Da bin ich aber froh«, sagte Julius. »Ich dachte, wir müssten gegen echte Gladiatoren kämpfen. So ist das natürlich ein Kinderspiel!«

»Nein, du Idiot!«, schäumte Septimus. »Wir TUN SO, als wären das Gladiatoren!«

»*TUN SO?*«, meinte Julius verdutzt. »Aber sie haben ja nicht einmal Arme oder Beine! Das soll eine Gladiatorenschule sein? Ihr wisst ja nicht mal, wie man *so tut*, als hätte man einen Gladiator!«

»Ihr müsst wissen, dass Roms siegreiche Armee und die Gladiatoren schon seit Jahrhunderten erfolgreich am Pfahl trainieren!«, donnerte Septimus. »Dank der Übung am Pfahl haben wir die GANZE bekannte Welt erobert. Und wenn das gut genug für ROM ist, dann sollte es auch für EUCH gut genug sein!«

Felix hob den Huf. »Wie wär's, wenn wir Gesichter draufmalen? Dann könnte man sich leichter vorstellen, dass es Menschen sein sollen.«

»Schaut, hier drüben!«, rief Cornelius. »Wir könnten diese Farbe nehmen, mit der die Wände bemalt werden.«

»NEIN! NEIN! KEINER MALT MIR GESICHTER AUF MEINE PFÄHLE!« Septimus riss Farbe und Pinsel an sich und schleuderte beides aus der Arena.

Er hatte nun wirklich genug. »RAUS!!«, tobte er. »Raus mit euch, alle zusammen! Ist mir egal, was Hadrian sagt – so einen Haufen Idioten werde ich nicht trainieren!!«

Aber mit einem Mal hörte man das Klacken von Holz auf Holz und dazu leises Knurren und Stöhnen. Alle blickten sich verwundert um, woher die Geräusche kamen.

KLACK

KLACK

»MILUS!«, keuchte Julius.

»Sieh an«, meinte Septimus und klatschte vergnügt in die Hände. »Einer der Zirkus-Freaks hat tatsächlich eine Ahnung von der Sache!« Er trat zu Milus und legte den Arm um ihn. »Nun, vielleicht könntest du ja auch deine Freunde davon überzeugen, wie wichtig das Üben am Pfahl ist!«

Milus packte Septimus an der Toga und zog ihn ganz nah an sein Gesicht heran. »Das sind NICHT meine Freunde.«

»He, was soll das?«, sagte Cornelius und stürmte zu Milus. »NICHT DEINE FREUNDE? Ohne Julius wärst du längst das Nadelkissen eines Bogenschützen, oder hast du das schon vergessen?«

»Ich arbeite nicht mit Zebras«, knurrte Milus und setzte sich auf die Stufen der Arena. »Und mit Antilopen erst recht nicht.«

»Nein, wie unhöflich«, sagte Felix. »Eigentlich will ich auch nicht mit einem albernen Löwen arbeiten...!«

»Hört mal«, flehte Julius. »KEINER von uns ist gerne hier! Glaubt ihr, mir macht es Spaß, tausend Meilen von zu Hause fort zu sein?« Er blicke Milus wütend an. »Wenn wir hier irgendwie lebend rauskommen wollen, dann müssen wir zusammenhalten.

Und dazu müsst ihr ein bisschen wie Zebras denken – wie meine Mama mir gesagt hat, kurz bevor die halbe Herde von Krokodilen gefressen wurde: ›Wir müssen zusammenhalten, denn getrennt fallen wir!‹«

»Pah!«, machte Milus und starrte Julius ins Gesicht. »Und wie toll war das für dich, so als Zebra? Neulich jedenfalls hast du dich wie ein Feigling aus dem Staub gemacht und deine Herde hat dich aufgegeben. Toller Plan!«

Julius stürmte davon. Er wusste, dass Milus recht hatte, aber er wollte das nicht zugeben.

In diesem Augenblick huschte Plinius die Maus in die Arena.

»He, Leute! Hab gehört, dass ihr alle überlebt habt. Gute Arbeit! Wusste ja, dass ihr's drauf habt!«

»Zebra, Barbara, Bob, wen kümmert's? Ihr werdet alle GLADIATOREN sein! Bin ZIEMLICH neidisch! Habt euch aber auch Feinde gemacht. Dem alten Victorius schmeckt es nicht, dass ihn ein Pferd geschlagen hat.« Plinius stolzierte zu Milus.

»Also, was ist der Plan, Chef? Gibst du ihnen ein paar extra Trainingsrunden, damit sie für die Party gerüstet sind?«

»Komm schon, Milus!«, piepste Plinius. »Bring ihnen all die coolen Tricks bei, die ich von dir gelernt habe! Das kann dir auch für deine Flucht nützen. Viele Pföten retten rasch aus Nöten und so.« Damit hüpfte er Milus in die Mähne und gab ihm einen freundschaftlichen Klaps. »Ich kann ja mithelfen! Ich weiß eine Menge. Ich tu ja nichts anderes, als beim Kämpfen zusehen ...!«

»O.K.«, seufzte Milus leise. »Aber wenn wir es tatsächlich schaffen, dann will ich keinen von euch wiedersehen. Und wenn doch, dann werde ich euch auffressen, so wie jedes andere Zebra oder Krokodil. Verstanden?«

Julius schluckte laut. »Verstanden.«

ALLE ZEBRAS SIND IDIOTEN
GEZEICHNET ALLE!!
Debra LIEBT SEPTIMUS
XXXXXX
DIES IST DIE TRAININGS-SCHRIFTROLLE VON JULIUS ~~ZEBRA~~ DEBRA
WER SIE MOPST KRIEGT EINEN TRITT IN DEN HINTERN!
ICH MEINS ERNST!
R_LPS

Mein erster Trainingstag begann damit, dass ich den berühmten GLADIATORENEID ablegte und mein Leben der Familia Gladiatoria – der Gladiatorenfamilie – widmete.

Ich weiß nicht, wie sehr wir diesen Eid beherzigen wollen. Cornelius, Felix und ich hatten unsere Hufe hinter dem Rücken gekreuzt, also gilt es nicht. Aber nicht Septimus verraten!!

In meiner ersten Stunde ging es um die alte Kunst des Zustoßens. Dazu stellt man sich seitlich zum Gegner, hält den Schild brusthoch und STICHT dann mit dem Schwert zu! Ganz einfach! Cornelius und ich haben das SEHR ERNST genommen.

Septimus sagte, das Zustechen ist die wirkungsvollste und sicherste Methode, den Gegner anzugreifen. Römische Soldaten machen das schon seit Hunderten von Jahren. Er sagte auch, dass man NICHT mit dem Schwert in der Luft herumfuchtelt, weil man dann vor den Angriffen des Gegners nicht geschützt ist.

Das Nächste, was wir Tolles übers Kämpfen gelernt haben: den Gegner NIEMALS aus den Augen lassen. NIE.

Sie haben uns sogar beigebracht, dass man im Zweikampf NIEMALS BLINZELN SOLL – KEINESFALLS.

Das ist ziemlich schwierig und es gelingt nicht jedem …

Naja, wie man's nimmt …

Cornelius, Rufus und ich haben uns richtig ins Training verbissen. Wir wollen unbedingt die Freiheit erringen und lassen uns durch nichts aufhalten!

Außerdem bekommen wir noch jede Menge Nachhilfestunden von Milus und dem kleinen Plinius. Sie zeigen uns, wie wir die bewährten Kampftechniken mit unseren natürlichen tierischen Fähigkeiten ergänzen können. (Ich: schnell und wendig; Cornelius: schlau und schnell; Rufus: sehr lange Gliedmaßen.)

Felix und Lucia haben nicht so viel für den Zweikampf übrig.
Felix interessiert sich vor allem für seine Steine.

Bei Lucia weiß keiner so genau, was sie treibt.
Jedenfalls ist sie fast nie beim Training.

Wenn man's genau nimmt, ist Rufus auch nicht immer dabei.

Außerdem sorgen wir unter den echten Gladiatoren auch ein bisschen für Unruhe.

Victorius, mein fieser Gegner vom Amphitheater, ist natürlich ihr Anführer! Offenbar hat es keinem der hässlichen Grobiane gefallen, dass ich sie »jonglierende Affen« genannt und ihren Chef geschlagen habe - ich, das »blöde Pferd«. Sie tun ihr bestes, um uns das Leben zur Hölle zu machen!

Sie stellen uns ein Bein, schubsen uns in Pfützen, beleidigen uns ständig und machen sich beim Training über uns lustig …

Aber wir machen weiter und versuchen, sie nicht zu beachten. Je mehr wir üben, desto größer die Chance, dass wir die Freiheit erlangen!

Es gibt bestimmt schönere Orte auf der Welt.
Die Betten sind hart und das Essen ABSCHEULICH!
(Wenn man nicht Felix ist!)

Aber wir sind froh, dass wir noch leben und wir wollen uns die Freiheit erkämpfen, damit wir wieder heim können zu unseren Familien und Freunden!

Nach wochenlangem, hartem Training
sind wir nun bereit für den ersten Kampf!

Kapitel zehn

Kampfbereit

Wie jeden Sonnenaufgang des vergangenen Monats wurden Julius und die anderen Gladiatorenschüler vom lärmenden Hahn der Schule geweckt. Sonst waren sie ungern aufgestanden, aber heute herrschte in der kleinen Baracke große Spannung.

Felix war so aufgeregt, dass er völlig vergaß, wie sonst seine Steine zu polieren.

Sie verputzten den Haferschleim als wäre es der tollste Leckerbissen. Dabei kauten sie sogar genüsslich auf den Käfern darin, als wären es süße und saftige Rosinen.

Heute war die Generalprobe, um Hadrian zu zeigen, dass sie für seine Geburtstagsfeier bereit waren. Sie sollten dabei zum ersten Mal gegen *echte* Gladiatoren kämpfen! Kein Gestocher mehr an Holzpfählen, oder zwanzig Hampelmänner, wenn man seine Windel vergessen hatte. Jetzt wurde es ERNST!

Als sie das Frühstück heruntergeschlungen hatten, eilten sie in die Arena und stellten sich auf.

»ALSO, IHR STINKENDE HERDE VON SPINNERN MIT HUFEN!«, dröhnte Septimus, der mit zwei Helfern, die eine Truhe trugen, herankam.

»KLAPPE! EIN SPINNER BIST DU TROTZDEM!«, bellte Septimus. »Nun! Endlich ist der Tag gekommen, an dem sich zeigen wird, ob eine lausige Bande von Nichtsnutzen wie ihr es tatsächlich verdient, dass man sie GLADIATOREN nennt!«

Septimus stellte sich mit hinter dem Rücken verschränkten Händen vor ihnen auf. »Ihr werdet die Arena natürlich nicht mit Übungsschwertern und -schilden betreten. Oh nein! Ihr werden ECHTE Waffen benötigen, so wie das Schwert Gladius – die GEISSEL der römischen Armee. Vielleicht aber auch Dreizack und Netz – für die besonders flinken unter euch ...«

Er hatte den Satz noch nicht beendet, als er unter einer Staubwolke niedergewalzt wurde, weil alle Tiere zur Truhe stürmten.

»DAS IST HIER KEIN KINDERFEST MIT VERKLEIDEN!«, schrie Septimus wütend. »SOFORT IN DER MITTE DER ARENA IN REIHE ANTRETEN!«

Wow!
Wir sehen toll
aus!

So werde ich mich jetzt IMMER ANZIEHEN!
Ich glaube, ich brauche einen Gürtel.

»Jetzt hört mir zu, ihr widerwärtige Ansammlung von Trotteln!«, brüllte Septimus und klopfte sich ab. Er verzog das Gesicht wie ein Löwe, der zwanzig wütende Wespen kaut. »Das ist kein Scherz hier! Und ihr seid nicht irgendeine AFFENNUMMER IM ZIRKUS!« Er deutete Julius mitten ins Gesicht. »Hadrian wird euch heute Nachmittag höchstpersönlich zusehen UND ICH ERWARTE DISZIPLIN!«

Plötzlich verzog auch Julius das Gesicht: seine Augenbrauen und Nüstern zuckten. »Oh!«, brüllte er, genau wie ein Affe. »AAH! OOH! OOH!« Er schwang die Arme herum und kratzte sich in den Achselhöhlen und am Bauch.

Mit einem Mal hüpften auch die anderen Tiere herum und töteten ebenfalls wie übergeschnappte Affen.

»SCHÖN! JETZT REICHT'S!«, rief Septimus. »KEINER MACHT SICH ÜBER MICH LUSTIG! ICH SPERRE EUCH ZU DEN LÖWEN! IST MIR EGAL, WAS HADRIAN SAGT!«

»A...AMEISEN!«, stotterte Julius und versuchte, sich am Rücken zu kratzen. »B...BEISSENDE AMEISEN!!«

Septimus preschte zur Truhe mit der Kampfausrüstung, in der es vor roten Insekten nur so wimmelte. »WER WAR DAS? WER HAT DIE AMEISEN HIER REINGETAN?!«

Vom Balkon im ersten Stock drang leises Gekicher herunter. Septimus fuhr wütend herum und sah Victorius und seine Kumpane, die laut lachten und sich gegenseitig auf den Rücken schlugen.

»Also«, sagte Victorius und verkniff sich das Lachen. »Es hat sie doch alle nur so *gejuckt*, dass die Kämpfe beginnen, und da haben wir eben ein bisschen geholfen …!«

»RAAH!«, brüllte Septimus entgeistert, warf die Arme in die Höhe und stürmte aus der Arena. »In einer halben Stunde ist Hadrian hier. Wir haben keine Zeit für solchen KINDISCHEN BLÖDSINN!«

Er kam mit zwei großen Wassereimern zurück und gab sie seinen Helfern. »Wascht die Ameisen von diesen Idioten und der Ausrüstung. Ich will, dass alles fertig ist, wenn der Kaiser kommt! SCHNELL, SCHNELL!«

Julius war AUSSER SICH! Jetzt war er nicht nur voller juckender Ameisenbisse, sondern auch mit eiskaltem Wasser bis auf die Haut durchnässt!

Das sollte ein ganz besonderer Tag werden, an dem sie zeigen konnten, was sie gelernt hatten, und nun hatten die Muskel-Hirnis ALLES VERDORBEN!

Victorius beugte sich übers Geländer und rief dem zitternden Julius zu: »Wer sind hier nun die tanzenden Affen, hä? Ha ha ha!«

Julius spuckte eine Mundvoll Wasser und Ameisen aus und drohte Victorius mit erhobenem Huf. »Ich sagte *JONGLIERENDE* Affen! *JONGLIERENDE!*«

Eines war sicher: *Das* würde Julius so schnell nicht vergessen…

Kapitel elf

Der erste Kampf

Wenig später drängten sich bedeutende Würdenträger und neugierige Zuschauer in der kleinen Arena der Schule. Alle wollten endlich das berühmte Zebra und seine Freunde in Aktion sehen. Julius hatte ja keine Ahnung, dass in ganz Rom seit seinem Kampf gegen Victorius kaum über etwas anderes geredet worden war.

Normalerweise gab es bei der Probe freien Eintritt, aber heute gingen die Karten für hohe Summen weg – manche Plätze kosteten mehr, als ein Krämer im Jahr verdiente!

In der Unterkunft brachte Plinius die Gruppe mit einer Rede in Stimmung. »Vergesst nicht, was ihr gelernt habt! Den Körper gut hinterm Schild verbergen, nicht mit dem Schwert herumfuchteln und NIEMALS blinzeln! Lasst den Gegner NIE aus den Augen, sonst seid ihr GELIEFERT!«

Milus saß auf seinem Bett und reinigte sorgfältig seinen Dreizack. »Wir müssen vorsichtig sein«, murmelte er. »Das heute ist nur ein Geplänkel für Hadrian, aber die Gladiatoren werden versuchen, uns zu verletzen. Unter den Römern gehören sie zwar zur untersten Schicht, aber sie sind sehr stolz auf ihren Beruf, und wir sind die Käfer, die nicht in ihren Haferschleim gehören.«

Bei Julius gingen die Nerven durch. »Wenn sie uns nun komplett zusammenhauen?«, schluckte er. »Wenn wir bei der Probe nichts reißen, dann haben wir bei den Geburtstagsspielen erst recht keine Chance! Wir werden BESTIMMT Hundefutter!«

Felix stand auf. »Hört zu, Leute, ich bin dafür, dass wir versuchen zu fliehen, falls wir verlieren. Mich hält hier nichts mehr, wenn ich weiß, dass man mich zu Brei haut.«

Überall hörte man Zustimmung – nur Plinius war *zornig.* »OI, OI, OI! Keiner flieht, solange *ich* hier bin! Liefert Hadrian einfach eine gute Vorstellung; mehr braucht's heute gar nicht. Über die Geburtstagsspiele sorgen wir uns später. Vertraut mir!«

Die nervösen Tiere zogen unter Trompetenfanfaren und lautem Jubel in die Arena. Von überall wurden ihnen Blumen zugeworfen.

»Wow. Die mögen uns wirklich!«, flüsterte Julius Cornelius zu, während er in die Menge winkte.

Während sie durch die Arena zogen und den Applaus genossen, marschierten auf der anderen Seite die Gladiatoren herein – ebenfalls unter großem Jubel.

»Wir sind nicht die Einzigen, die beliebt sind …«, erwiderte Cornelius.

Sie nahmen alle nebeneinander in der ersten Reihe der Arena Platz.

Ihnen gegenüber saß Hadrian in einer eigens mit Seide und Gold geschmückten Loge. Im Augenblick unterhielt er sich mit Septimus, der sehr nervös und aufgewühlt wirkte.

Wieder erschallten die Trompeten und Septimus erhob sich rasch. Er hielt die Arme in die Höhe. »Bürger von Rom! Ihr werdet gleich Zeugen eines einzigartigen Gladiatorenkampfes werden!

Über den vergangenen Monat haben wir, auf Hadrians Geheiß, diese unbedeutenden Tiere hier aufgenommen und ihnen die allerbeste Ausbildung angedeihen lassen!

Seid also bereit für den Kampf von MENSCH GEGEN BESTIE! LASST DIE SPIELE BEGINNEN!«

Beide Gladiatorengruppen nahmen gegenüber von einander Aufstellung.

Dann schritt ein Mann in einer weißen Tunika mit zwei roten Streifen an der Vorderseite herein. Er hielt einen langen Stock in der Hand. Es war der Summa Rudis – der Schiedsrichter.

Er begrüßte das Publikum.

»*Gregatim?* Was ist das?«, flüsterte Julius.

»Das bedeutet, er will einen Gruppenkampf«, erklärte Cornelius. »Wir werden wahrscheinlich irgendeine alte Schlacht nachspielen. Die Römer lieben so etwas.«

»Vor mehr als 150 Jahren«, fuhr der Summa Rudis fort, »besiegte unser glorreicher Führer Julius Cäsar die barbarischen Horden Galliens bei Alesia! Eine historische Begebenheit, die hier und heute aufgeführt werden wird, und zwar VOR EUREN AUGEN!«

Die Trompeten ertönten und der Summa Rudis winkte die beiden Gruppen an die entgegengesetzten Seiten, wo für beide eine Kiste mit Kostümen bereitstanden.

»Ich wusste es!«, schimpfte Cornelius, wühlte in der Kiste und zog einen großen Ballen von verfilztem Haar heraus. »Wir müssen tatsächlich alberne Schnurrbärte tragen!«

Plinius huschte zu ihnen, um sie noch einmal kräftig aufzumuntern. »Prima, Jungs. Ihr seht großartig aus!«

»Und keine Sorge«, fuhr er fort. »Der Gruppenkampf ändert nichts an eurer Taktik. Schirmt euren Körper ab und Augen auf den Gegner. Dann kann nichts schiefgehen! Zeigt Hadrian, was in euch steckt!«

Als sie sich wieder zur Mitte der Arena umdrehten,

sahen sie, dass man dort inzwischen in aller Eile eine Schlachtkulisse aufgebaut hatte, mit Baum- und Steinattrappen und Holzrampen, die wie Grashügel aussahen.

»Jetzt seid keine Miesepeter!«, schnaubte Rufus. »Lasst uns einfach Spaß haben. Wir sollten den Leuten etwas bieten!« Damit sprang er mitten in die Arena, schwang sein Schwert und hüpfte auf seinen schlaksigen Beinen herum, als würde er gegen einen unsichtbaren Feind kämpfen.

Das Publikum sprang auf und jubelte der tänzelnden Giraffe zu. Deshalb waren sie alle gekommen! Wie seltsam und doch wunderbar diese Tiere waren! Die anderen liefen rasch zu ihm und machten sogleich die ersten Aufwärmübungen. Als die Zuschauer Julius erblickten, waren sie völlig hingerissen!

Und Julius enttäuschte sie nicht. Er ließ sein Schwert durch die Luft wirbeln und riss das Publikum zu noch größerer Begeisterung hin. »Ha ha! Vielleicht schaffen wir's ja *tatsächlich!*«, rief er voller Zuversicht.

Ein Trompetenstoß kündigte den Beginn des Kampfes an. Milus sammelte seine Leute rasch um sich.

»Bleibt zusammen«, sagte er. »Nicht von der Gruppe trennen lassen. Wenn wir zusammen bleiben sind wir stärker.«

STAMPF! STAMPF! STAMPF! STAMPF!

STAMPF!

Die Stille wurde plötzlich von einem lauten Pochen durchbrochen, das durch die ganze Arena hallte.

STAMPF!

STAMPF! STAMPF! STAMPF!

STAMPF!

STAMPF!

Felix hielt die Spannung kaum aus. »Bei den Göttern! Das sind sie, oder? Sie kommen! SIE KOMMEN! WIR WERDEN ALLE

STERBEN!!!«

»RUHIG BLEIBEN!«, befahl Milus und hielt den Blick nach vorn gerichtet.

»Außerdem werden wir NICHT alle sterben«, meldete sich Cornelius zu Wort, den Blick ebenfalls starr auf den Feind gerichtet. »Hadrian braucht uns doch noch für seine Geburtstagsfeier, oder?«

»Ja, aber was auch geschieht, es wird bestimmt weh tun!«, wimmerte Felix völlig aufgelöst.

»Nun, schon möglich«, räumte Cornelius ein.

»ARGH!«, schrie er plötzlich und griff sich ans Gesicht.

Julius riss den Kopf herum und fürchtete schon das Schlimmste.

»Alles in Ordnung? Hat dich ein Pfeil getroffen?!«

»Nein, nein. Es ist dieser verdammte Schnurrbart, der nicht halten will!«

»Achtung!«, rief Milus. »Da kommen sie!« Er packte seinen Dreizack noch ein wenig fester.

»Ich k...kann das nicht...«, jammerte Felix. »Ich bin kein Gladiator, ich bin eine ANTILOPE!« Er zitterte so sehr, dass ihm der Helm über die Augen rutschte.

»Reiß dich zusammen«, sagte Rufus. »Wir Giraffen sind auch nicht gerade für so was geschaffen.«

»GENAU!«, stammelte Felix. »Normalerweise FLIEHEN wir beim ersten Anzeichen von Gefahr! Schon der leiseste Windhauch genügt dafür!«

»DU BLEIBST, WO DU BIST!«, donnerte Milus.

Plötzlich stieß der Trupp der Römer lautes Gebrüll aus und stürmte auf die nervösen Tiere los.

»ICH NICHT, ICH BIN WEG!«, kreischte Felix, warf Schwert und Schild von sich und jagte zum Ausgang hinaus.

»RAAH! VERGESST DIESEN SCHWACHKOPF!«, tobte Milus. »WAPPNET EUCH! WAPPNET EUCH!«

Die Menge jubelte, als die beiden Armeen zusammenstießen. Es entsprach zwar nicht ganz der Schlacht von Alesia – das haute nie ganz hin – aber das Publikum genoss das Ganze trotzdem.

Plinius versuchte, von der ersten Reihe aus die Übersicht über seine Mannschaft zu behalten, aber es wurde so viel Staub aufgewirbelt, in so dichten Wolken, dass bald *überhaupt* nicht mehr zu sehen war, was eigentlich vor sich ging. Plinius kommandierte trotzdem weiter in der Hoffnung, dass ihn jemand hörte.

Mitten in dem Chaos versuchte Milus, die Römer in Schach zu halten. Zum Glück machte ihm mit dem Dreizack keiner etwas vor.

Hinter ihm gaben Julius, Cornelius, Rufus und Lucia

ihr Bestes, aber sie hatten den alten Gladiatoren wenig entgegenzusetzen.

»Ich k...kann sie nicht mehr zurückhalten...!«, schrie Cornelius erschöpft. »Plinius hat sich geirrt – das ist *komplett* anders als im Training!«

»Mein verdammter *Arm* tut weh!«, stöhnte Rufus. »Dabei haue ich nur mit dem Schwert auf ihre Schilde. Das ist doch nicht *fair!*«

Julius merkte, dass es nicht gut um sie stand und versuchte, die Truppe wieder um sich zu scharen. »Nicht herumfuchteln!«, rief er. »Zustechen, das wisst ihr doch!«

Das brachte Rufus auf die Palme. »Ich steche gleich *dich*, wenn du hier weiter alle herumkommandierst! Nur weil sie dir am lautesten zugejubelt haben!«

Julius wirbelte herum. »Was soll denn *das* heißen?«

Der arme Cornelius ging beinahe unter in einem Hagel von Schwertern. »Jungs! Jungs! Kämpft gegen den Feind, nicht gegeneinander!!«

Aber es war schon zu spät. Ein wuchtiger Schwerthieb der Römer traf Cornelius voll am Helm und er flog in hohem Bogen davon.

»OH NEIN! CORNELIUS!«, schrie Lucia. Aber auch sie musste von der Übermacht der römischen Schwerter einen Treffer einstecken.

Da Julius und Rufus sich hinter seinem Rücken zankten, kämpfte Milus als Einziger noch gegen die Feinde. Aber selbst mit *seiner* Stärke konnte er gegen den Wirbel von Hieben nichts mehr ausrichten und musste aufgeben.

»Auf geht's, Rufus – es sind nur noch wir beide!«, rief Julius, als er erkannte, dass die anderen alle besiegt waren.

Einer der Römer trat vor. Es war natürlich Victorius. »Dein langer Freund ist verduftet. Eine weise Entscheidung.«

Es stimmte. Rufus hatte sich aus dem Staub gemacht.

»Du bist als Einziger übrig.«

Alle Zuschauer sprangen auf und riefen: »ZEBRA! ZEBRA! ZEBRA!«

»Also schön«, grollte Julius, von der Menge angestachelt. Er hob sein Schwert.

»Nein, Zebra…«, entgegnete Victorius ausdruckslos. »Das bist du nicht.« Er stieß Julius seinen großen Schild ins Gesicht, wischte ihm mit dem Schwert die Beine zur Seite und schubste ihn auf den Rücken.

Der Summa Rudis kam heranmarschiert, packte Victorius an der Hand und hielt sie in die Höhe. »DIE GEWINNER!«

Der arme Plinius saß vornübergebeugt mit dem Gesicht in den Pfoten. Es war eine Katastrophe! VÖLLIG AUSSICHTSLOS! Sie hatten ÜBERHAUPT NICHTS gelernt!

Auch die Menge war enttäuscht, buhte laut und bewarf Julius und die anderen mit vergammeltem Gemüse, sodass sie flüchten mussten. Das war nicht die Rückkehr der Helden, die sie sich erhofft hatten!

Oben in Hadrians Loge war die Lage noch ernster. Der Kaiser war rot vor Wut! Er hatte es nun mit einem wütenden Pöbel zu tun, und das war alleine Septimus' Schuld!

»Sie werden bereit sein, Hadrian! Das verspreche ich!!«, versicherte der Lanista.

»Das will ich hoffen!«, schnauzte Hadrian. »Sonst kommst du selbst in eine POENA CUELLEI!«

Kapitel zwölf

Die große Flucht

Zurück in der Unterkunft kümmerten sich alle um ihre Beulen und Schürfwunden, als Felix verzweifelt hin- und herlief und alle anschrie: »Wir MÜSSEN fliehen, und zwar SOFORT!« Er ruderte mit den Armen über dem Kopf. »Wenn wir hierbleiben, dann sind wir tot! TOT!«

Eine winzige Gestalt huschte in den Raum.

Felix stand auf. »Jetzt hörst du mir mal zu, Plinius!«, sagte er. »Auf einen solchen Kampf waren wir nicht vorbereitet! Wir haben immer einzeln gekämpft, nie als Gruppe!«

Plinius stützte die kleinen Pfoten in die Seiten, runzelte die Stirn und nahm Felix ins Visier. »Gerade *du* musst das Maul aufreißen! Du bist doch abgehauen wie ein Floh von einer toten Ratte!«

»Nach dieser FURCHTBAREN Vorstellung ist sogar Hadrian sauer! KEIN Gladiator würde aus der Schlacht fliehen, NIEMALS! Die anderen, die standhaft geblieben sind, haben sich wenigstens ein bisschen Ehre bewahrt.«

Plötzlich wurden die Türen der Baracke so heftig aufgestoßen, dass sie fast aus den Angeln rissen. Septimus stand mit hochrotem Kopf in der Tür und kreischte: »WAS IM NAMEN VON JUPITERS FEURIGEM BART SOLLTE DAS?«

Vor Angst wagte keiner etwas zu antworten. Oder sich zu rühren. Nun – außer Felix, der immer noch seine Meinung vorbringen wollte. Er hob einen Huf und stand auf. »Schau, Septimus. Wie ich gerade zu Plinius sagte, war es nicht fair, von uns zu erwarten …«

Aber bevor er seinen Satz beenden konnte, packte ihn Septimus, zerrte ihn zur Tür und trat ihn so heftig ins Hinterteil, dass er in hohem Bogen aus der Schule und weit in die Wolken flog. Keiner zweifelte, dass Felix auf dem Weg in die Wälder Germaniens war.

Den Rest der ängstlich zusammengekauerten Tiere schrie Septimus an: »MEINT NOCH JEMAND, ETWAS ZUR DISKUSSION BEITRAGEN ZU MÜSSEN?«

»GUT! JEDER MACHT HUNDERT HAMPELMÄNNER UND DAZU ZWANZIG RUNDEN UM DIE ARENA. AUF GEHT'S! MARSCH!«

»Und wenn ihr fertig seid, dann können wir über die WELT DES SCHMERZES sprechen, die ich für euer Training und eure letzte jämmerliche Woche auf Erden geplant habe!«

Julius hüpfte auf und ab. Seine müden Muskeln, schmerzenden Glieder und brennenden Ameisenbisse erinnerten ihn daran, das dies wohl der schlimmste Tag in seinem Leben war. Bestimmt. »Lange mache ich das nicht mehr mit!«, murmelte er und verzog das Gesicht.

Lucia kam Hampelmann springend in seine Nähe. »Keine Sorge«, flüsterte sie. »Ich habe mir einen fabelhaften Plan ausgedacht! Wenn alles gut geht, dann sollten wir morgen früh schon auf dem Weg nach Hause sein.« Sie tippte sich an die Schnauze und hüpfte mit einem Augenzwinkern wieder zurück.

Als an diesem Abend die Lampen im Ludus Magnus erloschen, schlich Lucia in der winzigen Baracke herum und tippte den anderen, die auf ihren Betten lagen, die Füße an.

Julius und die anderen folgten ihr wie winzige Mäuse auf Zehenspitzen zur Außenmauer der Schule.

Überraschenderweise wartete Rufus schon dort im Schatten. Als sie näher kamen, stellte sich heraus, dass er noch immer das Gallierkostüm von ihrer furchtbaren Schlacht trug – mit Schnurrbart!

»He! Was soll das?!«, rief Julius.

»Pssst!«, machte Lucia. »Zieht das an.«
Sie reichte jedem einen falschen Schnurrbart.

»Ich verstehe das nicht... Warum verkleiden wir uns wieder als Gallier?«, flüsterte Julius, während er sich eine karierte Hose anzog.

»Weil Rufus und ich uns so verkleiden, wenn wir uns rausschleichen, um die Wagenrennen anzusehen«, antwortete Lucia. »Schon vor Wochen haben wir die Kostümkiste gefunden. Niemand hat uns je aufgehalten oder auch nur genau angesehen, wenn wir verkleidet waren. Wir brauchen nur diese Sachen anzuziehen und durchs Haupttor hinauszugehen. Kein Problem!«

Plötzlich war klar, warum Lucia und Rufus so häufig beim Training gefehlt hatten.

»Aber was ist mit Plinius?«, fragte Julius. »Sollte er nicht auch mitkommen, wo er so viel für uns getan hat?«

»Vergiss ihn«, knurrte Milus. »Eine Maus kann kommen und gehen, wie sie will. Er wird bald andere Idioten finden, die er belabern kann.«

Julius war nicht überzeugt. »Wir sollten uns wenigstens verabschieden. Er hat so hart mit uns gearbeitet.«

Milus packte Julius am Schnurrbart. »Hör zu, Zebra. Wenn wir jetzt nicht verschwinden, dann wird man uns schnappen und wir haben keine Chance mehr, nach Hause zu kommen.«

»Genau, komm schon«, meinte Rufus. »Wenn uns Septimus hier draußen erwischt, müssen wir bis Sonnenaufgang Hampelmänner hüpfen.«

Lucia sprang leise auf Rufus' Rücken und kletterte an seinem Hals hinauf.

Sie verschwand über die Mauer und weiter ins Dunkel.

Schnell folgten die anderen.

Es war gar nicht so einfach, an Rufus' rutschigem Hals hinaufzuklettern. Cornelius fiel sogar ein paarmal herunter, aber sie wollten unbedingt entkommen, koste es, was es wolle.

Als es alle über die Mauer geschafft hatten, duckten sie sich im Dunkeln neben Lucia.

»Wartet«, flüsterte Julius. »Wie soll denn Rufus rüberklettern? Kommt er nicht mit?«

»Aber ich bin doch hier!«, ertönte Rufus' Stimme direkt hinter ihm.

Julius blieb beinahe das Herz stehen! »Was zum…? Wo kommst *du* denn her?«

»Mal im Ernst«, fuhr er flüsternd fort. »Ich habe dich nicht rüberklettern sehen!«

Rufus deutet die Straße hinunter. »Ich bin durch die kleine Tür gekommen – sie führt von der Baracke direkt auf die Straße. Eigentlich ganz praktisch.«

»Du VOLLTROTTEL!«, fauchte Milus. »Die hätten wir doch ALLE benutzen können! Warum hast du uns das nicht gesagt?«

»Nun, wo bleibt da der Spaß?«, meinte er gekränkt. »Ich fand so eine gewagte Flucht über den Hals einer Giraffe spannend. Davon kann man mal seinen Enkeln erzählen!«

»Ssch!«, machte Lucia. »Da kommt jemand!«

Alle drängten sich in den Schatten und rührten sich nicht.

»Uh-oh. Jetzt sind wir dran«, flüsterte Cornelius. »Ich glaube, er hat uns gesehen.«

»FELIX!?«, stöhnten alle.

»Jap. Ich bin's!«, sagte er freudig. »Wo wollt ihr denn hin? Wird das hier endlich die große Flucht?«

»Warte mal, hat man dich denn nicht bis nach Germanien getreten?«, fragte Cornelius.

»Na, ganz so weit nicht, aber es ging bis über die Stadtmauer! Gar nicht so einfach, wieder zurückzukommen, kann ich euch sagen …«

»Aber warum bist du überhaupt zurückgekommen?«, wunderte sich Cornelius.

»Um zu fliehen, natürlich! Wir können hier nicht mehr bleiben. ›Uns erwartet nur der Tod.‹«

»Du Narr, Felix!«, krächzte Milus. »Du warst doch schon entkommen! Du hättest doch nicht zurückzukehren brauchen!«

»Oh … stimmt …« Felix dachte kurz nach. »Hab ich nicht drüber nachgedacht. Na egal, jetzt bin ich hier!«, sagte er munter. »Was ist euer Plan?«

Lucia gab ihm einen Schnurrbart. »Leg den an und verhalte dich leise. Wir wollen zum Stadttor und uns als Gallier verkleidet hinausschleichen.«

Sie kroch auf die Straße, prüfte ob die Luft rein war und winkte dann die anderen nach.

Felix huschte zu ihr, während er den Schnurrbart anlegte. »Ich möchte noch sagen, dass ihr dem Circus Maximus fern bleiben solltet. Dort ist gerade ein RIESIGES Wagenrennen. TAUSENDE sind auf den Straßen. Sogar Hadrian soll dort sein.«

Lucia blieb mit großen Augen stehen. Sie schlug sich auf die Stirn. »Bei allen GÖTTERN! In der Eile hatte ich das völlig vergessen! Heute ist doch das große Finale zwischen den Weißen und den Grünen!«

Julius legte ihr den Huf auf die Schulter.

»Lucia, wir dürfen das nicht riskieren. In der Menge wird man uns *bestimmt* erkennen.«

Lucia starrte auf den Boden und wischte eine Träne ab. »Ich weiß …«, seufzte sie, blickte zu Julius auf und schniefte.

Er lächelte und tätschelte ihr den Rücken. »Es ist ja nur zu unserem Besten.«

Dann blickte sie ihm in die Augen und meinte: »Es … tut mir leid, Julius …«

»Was tut dir leid?«

Und Lucia schoss die Straße hinauf, so schnell ihre kurzen Beine sie trugen. »Sie… SIE HAT MICH GEBISSEN! Lucia hat mich tatsächlich GEBISSEN!!«, wimmerte Julius und hielt sich den Arm.

»Nun, sie ist ja auch ein Krokodil«, meinte Cornelius. »Ganz normal, dass sie Zebras beißen…«

»Mann, diese Streitwagen sind ihr wirklich wichtig, was?«, bemerkte Felix.

»Sie will unbedingt Wagenlenkerin werden«, erläuterte Rufus, der sich mit ihr immer zu den Rennen geschlichen hatte. »Außerdem ist sie eine glühende Anhängerin der grünen Mannschaft. Wenn sie heute Abend die verdammten Weißen schlagen, wäre das eine Sensation!«

Milus hielt es vor Ungeduld nicht mehr aus. »AARGH! IHR REDET ZU VIEL!« Und vor lauter Wut rannte er Lucia hinterher!

Die anderen blieben entgeistert stehen.

»Wie unhöflich«, sagte Felix.

»Wir sollten versuchen, sie einzuholen«, meinte Julius. »Wenn wir uns trennen, dann wird alles nur noch schlimmer.«

In der Nähe des Circus Maximus waren tatsächlich Massen von Menschen unterwegs.

So viele Leute!

»Mann, die werden wir nie finden«, keuchte Cornelius. »Wir sollten den Schaden begrenzen und verschwinden.«

»Hier entlang!«, sagte Rufus. »Wir nehmen immer diesen kleinen Eingang. Da hat man die beste Sicht.«

»Du hast doch immer die beste Sicht, *ganz egal* wo du sitzt, Rufus«, sagte Julius.

Während sie sich durch die Menge drängelten, hielt Julius nach Lucia und Milus Ausschau. Hier waren wirklich alle möglichen Menschen aus Rom und dem ganzen Reich versammelt. Neben Straßenverkäufern nahmen Senatoren und Ziegenhirten Platz, die ihrerseits neben Centurios saßen.

Alle sangen und feuerten die Pferde an.

Das könnte dem stinkenden Durcheinander am Wasserloch zu Hause kaum ähnlicher sein, dachte Julius.

Unter lautem »OOOH« auf den Rängen hatte ein Wagenlenker einen Unfall, bei dem seine Räder in tausend Stücke zerbrachen.

»Himmel, das ist wirklich aufregend!«, meinte Felix bei diesem Anblick. »Weiß irgendjemand, was das alles soll?«

Cornelius hüstelte. »Nun, mein Lieber, wir haben hier vier Wagenlenker mit ihren Teams – die Roten, Grünen, Blauen und Weißen ...«

»Aargh!«, rief Julius. »Wir haben jetzt keine Zeit für ausführliche Belehrungen!«

»Ach, sei still«, schimpfte Cornelius und fuhr fort. »Sie müssen sieben Runden fahren ...«

»Was soll's?«, murmelte Julius und warf die Arme in die Höhe.

Dann entdeckte Julius mitten im Getümmel Lucia. »DORT!«, zeigte er. »Den Schnurrbart würde ich überall erkennen!«

Er zwängte sich mit den anderen durchs Gedränge. Lucia verfolgte begeistert das Rennen; Milus war nicht zu sehen.

»Lucia! Wir sind's! Wo ist Milus? Ist er nicht hier?«

Aber Lucia unterhielt sich angeregt und sah nicht auf.

»Jetzt sei nicht sauer, Lucia«, sagte Julius, während sie sich alle in die Sitzreihe zwängten. »Ich verzeihe dir, dass du mich in den Arm gebissen hast. Wer ist eigentlich dein neuer Bekannter? Willst du uns nicht vorstellen?«

Julius zog vor Schreck eine Grimasse und seine Kinnlade fiel bis zum Boden.

Felix flüsterte ihm ins Ohr: »Was soll denn Lucias alberner Akzent? Soll das gallisch sein? Klingt eher nach jodelndem Nilpferd!«

»Der Akzent stört mich nicht«, antwortete Julius, »aber schau, wer das ist: Toter-Vogel-Hut-Mann!«

Felix unterdrückte einen Schrei.

Der Centurio beugte sich vor. »Nett, euch kennenzulernen. Ich bin ein großer Fan von eurem Käse und Wein. Wirklich eine Bereicherung für unser großartiges Reich!«

Julius verbeugte sich und lächelte, hielt den Kopf aber gesenkt. »Wir müssen verschwinden, und zwar SOFORT!«, zischte er. »Sonst können wir die Flucht vergessen! LOS jetzt!« Er nickte und zwinkerte in Richtung des Centurio.

»Ist irgendwas mit deinem Auge?«, fragte Lucia. »Wenn's nichts ausmacht, würden mein Freund und ich jetzt gerne das Rennen zu Ende ansehen.«

Jetzt fingen auch Felix und Cornelius zu zwinkern und nicken an.

»Ärgern dich deine Freunde?«, fragte Toter-Vogel-Hut-Mann. »Ich kann sie ohne Weiteres aus der Arena werfen lassen.«

»Ähem. Nein, kein Prroblem«, antwortete Lucia in ihrem besten gallischen Akzent. »Sie wollen ohne'in gerradde gän.« Sie wandte sich ihnen zu und blickte sie eiskalt an.

»Ja!«, blaffte Julius. »Und DU kommst MIT!«

Sie packten Lucia gemeinsam und zogen sie vom Sitz.

»JUNGS! LASST MICH RUNTER! ICH WILL DAS RENNEN SEHEN!« Sie zappelte und wand sich verzweifelt.

Als der Centurio den bartlosen Julius anstarrte, schien die Zeit für einen Moment stillzustehen. Julius starrte entgeistert zurück, denn er wusste, dass das Spiel vorbei war.

»DU!«, brüllte der Centurio. »DER GESTREIFTE IDIOT! WACHE! WACHE! NEHMT DIESE BIESTER FEST! ALLE ZUSAMMEN!«

Die Wachen kamen schon herangestürmt, als sich Lucia zum verzweifelten Julius umwandte. »Ach, DIESER Centurio war das! Irgendwie kam er mir bekannt vor. Warum hast du mir bloß nichts gesagt?«

Julius verdrehte genervt die Augen. Der tolle Plan für ihr Überleben war gescheitert. Völlig. Man führte sie zurück zum Ludus Magnus, wo sie ihr Schicksal erwartete.

Kapitel dreizehn

Der Champion der Champions!

Eine Woche später war Hadrians Geburtstag endlich gekommen und Rom voller Geräusche und Farben! Die Straßen waren geschmückt mit prächtigen Fahnen und in den Fenstern hingen Blumengirlanden. Überall sangen und tanzten glückliche Menschen.

Am lautesten wurde im Kolosseum gefeiert. Dort ging es immer aufregend zu, aber heute schien es vor guter Laune fast zu platzen! Tanzbären wurden mit ohrenbetäubendem Jubel überhäuft, und jeder jonglierende Affe (die gab es WIRKLICH!) erhielt Applaus, dass die Mauern erbebten.

Wenn in Rom gefeiert wurde, dann gab es kein Halten und alle – vom Senator bis zum Sklaven – schauten, dass sie auf ihre Kosten kamen!

Tief in den Eingeweiden des Kolosseums indessen war die Stimmung alles andere als festlich. Julius und seine Freunde starrten auf den Boden und blickten kaum einmal auf. Sie blieben selbst dann stumm wie eine Beerdigungsgesellschaft, wenn wieder einmal donnernder Applaus den Putz von der Decke regnen ließ.

»War auf jeden Fall nett, euch kennengelernt zu haben«, seufzte Felix niedergeschlagen.

»Schau«, meinte Julius. »Wir wissen alle, dass wir sterben müssen, aber warum bist du nicht einfach still?«

»Komm schon!«, sagte Cornelius und schwang sein Schwert. »Wir können das SCHAFFEN! Das ganze Extratraining diese Woche hat uns zu HAGEREN, BÖSEN KAMPFMASCHINEN gemacht!«

Keiner hörte hin.

»Gegen die großen Gladiatorenchampions des Reiches habe wir doch keine Chance«, knurrte Milus von hinten. »Wir können uns genauso gut gleich hinlegen, damit sie kurzen Prozess mit uns machen!«

Julius seufzte und verwünschte sich dafür, dass er vor all den Wochen in eine solche Lage geraten war. Wie hatte er nur so dumm sein können, einfach auf eigene

Faust loszuziehen? Alles würde er geben, um wieder bei seiner Familie zu sein! »Vielleicht kommen sie ja und retten mich«, hoffte er laut.

»Kannst du drauf wetten, dass sie dich suchen«, sagte Cornelius. »Vielleicht sucht meine Familie mich auch …«

In diesem Augenblick tauchte der kleine Plinius auf.

»Bombenstimmung, was?«, meinte er angesichts der langen Gesichter.

Plinius war immer noch sauer, weil sie geflohen waren, OHNE IHM ETWAS ZU SAGEN! Nicht einmal sein Kumpel Milus. Genau, Milus, der schlechteste Ausbrecher der langen römischen Geschichte. Er war sogar

noch vor den anderen zurück in der Baracke – eine Patrouille hatte ihn vor dem Kolosseum geschnappt.

»Ihr solltet so langsam mal Dampf machen, denn ihr bekommt's heute mit ziemlich harten Gegnern zu tun«, sagte Plinius.

»Ich hab keine Angst!«, verkündete Cornelius siegesgewiss. »Ich trage mein Glücks-Subligaculum!«

»Wie in aller Welt soll eine Windel *Glück* bringen?«, schnaubte Julius.

»Nun«, antwortete Cornelius und nahm neben ihm Platz. »Gut, dass du fragst.«

Julius stieß einen tiefen Seufzer aus.

»Heute ist das Frühjahrsäquinoktium …«, begann Cornelius.

»Das … was? *Heute?*«, wunderte sich Julius.

»In der Tat. Tag und Nacht sind heute exakt gleich lang – was die Götter sehr wohlwollend beurteilen …«

»Warte mal«, meldete sich Felix. »Dann müsste dieses, äh … Frühlings-Ekel-Optimum ja *allen* Glück bringen, oder?«

»Aha!«, trumpfte Cornelius auf. »Und doch meinen es die Götter mit *mir* besonders gut. Als ich heute morgen die Windel anzog, hüpfte ein Frosch vorbei und quakte. *Das,* meine Freunde, ist ein Zeichen, dass die Götter besonders mir Glück und Zufriedenheit wünschen.«

Bevor Cornelius antworten konnte, erschien jemand an der Tür. »Lebt wohl, ihr unfähigen Witzbolde.« Es war natürlich Septimus. »Ich sollte allerdings nicht zu streng mit euch sein. Immerhin habt ihr mir, weil ihr bis heute durchgehalten habt, ein hübsches Sümmchen eingebracht.«

Er kam näher und blickte sie grimmig an.

»Solltet ihr durch ein Wunder überleben, was nicht geschehen wird, dann lasst eure stinkenden, hässlichen Fratzen *nie* wieder hier blicken.«

Er verschwand so plötzlich wie er gekommen war und schlug die Tür hinter sich zu.

»Wisst ihr, mir wird sein ausgemergeltes Gesicht fehlen«, sagte Felix.

»Eines muss man ihm lassen«, meinte Julius. »Er hat immer ziemlich angenehm geduftet.«

Es erschallten laut die Trompeten, gefolgt vom Jubel der Menge.

Während sich der Staub setzte, wurde Julius furchtbar flau im Magen. »Das wär's also!«, sagte er.

Kapitel vierzehn

Showtime!

Zum letzten Mal schwang die Tür auf. Es war der Kerkermeister. »Also, Leute, hoch zum Haupteingang. Dort oben soll es schön sauber bleiben. Dass mir ja keiner auf den Boden macht!«

Und so trotteten sie die Treppen hinauf und weiter durch die dunklen Gänge unter der Arena.

Als sie einen großen Torbogen erreichten, wehte ihnen eine angenehme kühle Brise entgegen – und der strenge Geruch schwitzender, stinkender, massiger Gladiatoren. Ihre Rüstungen knarrten, und ihre Schilde schabten an den Wänden, als sie sich umdrehten.

»Vergesst nicht die goldenen Regeln!«, rief Plinius und huschte ihnen nach. »Und seid ihr selbst! Das wird euch das Leben retten. Wirklich!«

Jetzt ist es *wirklich* so weit, dachte Julius, als sich das große Tor unter Trompetenfanfaren und dem Jubel des Publikums öffnete. Er musste schlucken. *Jetzt holt mich mein Schicksal ein…*

Die Gladiatoren zogen aus dem dämmerigen Gang ins Kolosseum hinaus.

»VIEL GLÜCK!«, rief Plinius. »IHR WERDET MIR FEHLEN!«

Hadrian erhob sich, um seine Geburtstagskämpfer zu begrüßen. Die Bühne für den Champion der Champions war bereit.

TRÖÖT!!
TRÖÖT!!

Der Summa Rudis nahm seinen Platz in der Mitte des Amphitheaters ein. Er hob die Hände und alle verstummten.

»BÜRGER VON ROM!«, rief er. »HEUTE WERDET IHR DIE HERRLICHSTEN SPIELE ERLEBEN! GLADIATOREN AUS DEM GANZEN GROSSARTIGEN UND EDLEN REICH WERDEN UM DEN TITEL DES ›CHAMPION DER CHAMPIONS‹ UND IHRE FREIHEIT KÄMPFEN!«

Das Getöse der Menge schüttelte Julius' Rüstung durch und seine Knie schlotterten vor Aufregung. Er versuchte, nicht an eine Niederlage zu denken.

Was immer geschieht, dachte er, *ich will auf jeden Fall einen ehrenhaften Kampf liefern. Wenn Mama und Brutus je davon hören sollten, dann sollen sie wissen, dass ich ein echtes Zebra war – nicht der nutzlose Feigling von früher.*

Er suchte im Publikum nach ihren Gesichtern, aber natürlich war keiner von ihnen da.

Der Summa Rudis kam zur Bank der Gladiatoren und rief Cornelius und einen Berg von einem Mann namens Vernichtus auf die Bühne.

»Argh! Ich kann gar nicht hinsehen«, schrie Felix.

»Viel Glück, Cornelius«, rief Julius. »Denk an deine Glückswindel!«

Cornelius schritt trotzig nach vorn. Er wollte *unbedingt* seine neuen Fähigkeiten zeigen. Außerdem kam er sich in seinem Gladiatorenaufzug besonders schneidig vor.

Er nahm Vernichtus ins Visier, der nur schweigend dastand und auf das Startsignal wartete.

Die Trompeten bliesen und Vernichtus schwang so-

gleich seine Doppelaxt, dass es über dem tapferen Warzenschwein nur so pfiff und es sich rasch wegduckte.

Cornelius tanzte zur Seite, holte aus und bellte: »STECH STECH!«, bevor er Vernichtus mit dem Schwert in der Achselhöhle traf.

Das Publikum sprang auf und jubelte.

»WEITER, CORNELIUS!«, schrie Julius.

»HALT STILL!«, donnerte Vernichtus, als er seine Axt ein zweites Mal schwang und tief in den Sand jagte, weil das kleine haarige Biest schon wieder beiseite gehüpft war.

Julius schöpfte allmählich Hoffnung.

Er wusste, dass Warzenschweine flink waren, aber das hier war wirklich erstaunlich! Cornelius führte Vernichtus regelrecht vor!

Cornelius drehte sich zu Julius um und zeigte mit dem Daumen nach oben. Dass die Axt auf ihn zukam, sah er nicht.

Allen hatte es den Atem verschlagen.

»NEEIIIN!«, stöhnte Julius.

»Er… er ist tatsächlich aus der Arena geflogen!«, stotterte Rufus.

»Cornelius hat eine goldene Regel gebrochen«, fauchte Milus. »Er hat den Gegner aus den Augen gelassen.« Der Löwe blickte Julius sehr eindringlich an. »Irgendein Idiot hat ihn abgelenkt.«

Julius vergrub das Gesicht zwischen seinen Hufen.

»So viel jedenfalls zum Thema Glückswindel«, schluckte Felix.

Der Summa Rudis zeigte auf Milus und einen von Kopf bis Fuß von einer Rüstung und Polsterung verhüllten Gladiator. »Ihr beide als Nächste!«

Milus nahm seinen Dreizack samt Netz und mar-

schierte unter lauter Anfeuerung durch das Publikum nach vorn.

Julius hätte sich niemals träumen lassen, dass er jemals einem Löwen so sehr den Sieg wünschte wie jetzt.

Milus sollte gegen Agrippa kämpfen. Der trat mit den furchterregenden Waffen eines Scissors an!

Die Trompeten schmetterten, die Menge grölte und die beiden Gegner traten knurrend in Aktion.

Zunächst umkreisten sie einander wie zwei Krebse in einem Gezeitentümpel.

Dann stieß Agrippa den Arm mit der mondförmigen Klinge nach Milus' Brust, der aber mit Leichtigkeit auswich.

Wieder liefen die beiden im Kreis.

Ab und zu schwang Agrippa die Klinge, um Milus dazu zu verleiten, das Netz auf ihn zu werfen – aber Milus war schnell. Er sprang akrobatisch in die Höhe, stieß Agrippa den Dreizack in die Schulter und landete leichtfüßig hinter ihm.

Die Zuschauer standen vor Bewunderung auf und jubelten bei jeder eleganten Bewegung der Raubkatze.

Trotzdem war Julius weiterhin ein Nervenbündel.

Wie ein von der Bogensehne schnellender Pfeil vollführte Milus einen Salto rückwärts. Er zog Agrippa das Netz über Kopf und Schultern und presste die Arme des Riesen an seinen Seiten fest.

»ER HAT GEWONNEN!«, jubelte Julius und sprang von seinem Platz auf.

»Warte«, meinte Rufus ruhig. »Das ist noch nicht vorbei.«

Agrippa spannte mit lautem GRUNZEN die Muskeln an und warf Milus auf den Boden. Dann schlitzte er das Netz mit seinem Messer auf, als wären es Spinnweben.

Der Menge stockte der Atem.

Milus war aber noch nicht besiegt. Er benutzte seinen Dreizack wie beim Stabhochsprung, trat den Gegner mit den Füßen in die Brust und stieß ihn um. Agrippa stöhnte und Milus machte sich zum letzten Sprung bereit, um ihn fertig zu machen.

Genau in diesem ruhmreichen Moment STOLPERTE Milus und fiel mit dem Gesicht voran in den Schmutz.

Agrippa sprang ihm sogleich auf den Rücken und verdrehte ihm wie ein Ringer den Arm.

»Er... er ist GESTOLPERT!«, stöhnte Julius. »Dabei siegte er gerade! Das ist ja FURCHTBAR!« Wieder vergrub er das Gesicht zwischen den Hufen.

»Ich glaube, er ist über Cornelius' Glückswindel gestolpert«, meinte Rufus. »Milus wird stinksauer sein!«

»Vergiss es. Mit Milus ist es aus«, schrie Julius. »Ich kann gar nicht hinsehen.«

»He! Hört mal!«, rief Lucia. »Das Publikum *buht!* Es lässt nicht zu, dass Agrippa Milus tötet!«

Julius linste zwischen seinen Hufen hindurch. Tatsächlich! Überall auf den Rängen wurde mit weißen Taschentüchern gewinkt.

»Hadrian lässt ihn am LEBEN!«, jubelte Julius.

»Aber was wird nun mit *uns?*«, schniefte Felix, der das Schlimmste befürchtete.

»Darüber machen wir uns Gedanken, wenn es so weit ist«, knurrte Julius, nun wieder sehr entschlossen.

In diesem Moment deutete der Summa Rudis auf sie beide.

»Ihr seid die Nächsten!«

»Warte – gegen wen sollen wir kämpfen?«, fragte Felix.

Als Julius in die Mitte marschierte, riss es das Publikum wieder von den Plätzen. »ZEBRA! ZEBRA! ZEBRA!«, riefen alle.

»Sie lieben dich immer noch!«, bemerkte Felix.

Julius beachtete ihn nicht und zog ihm sofort eins über den Kopf.

»AU! Was SOLL das!?«, heulte Felix. »Was ist mit unserem großen Ehrenwort?«

»Sei still, du Idiot!«, flüsterte Julius. »Ich versuche, dich k.o. zu hauen. Und dann weigere ich mich, dich zu töten. Das ist deine einzige Chance!« Wieder landete er einen saftigen Treffer mit dem Schwert.

»VORSICHT!«, rief Felix. »Das hat wirklich verdammt wehgetan!« Er schwang nun auch sein Schwert und brachte Julius einen Kratzer an der Schnauze bei.

»HE!«, schrie Julius und hielt sich die Nase. »Was tust du da?«

»Das Gleiche wie du! Ich haue dich um und verspreche dann, dass ich dich nicht töte.« Wieder schwang er sein Schwert.

Diesmal hielt Julius den Schild hoch. »Hör zu, du Narr«, bellte er. »Wenn du mich k.o. schlägst, droht dir in der nächsten Runde gegen diese Unholde der sichere Tod.«

»O.K. ...« Felix hielt kurz inne. »Ich werde mich *selbst* k.o. hauen.«

»WAS?«

»Ich werde mich *selbst* k.o. hauen. Deine Schläge tun mir viel zu sehr weh.«

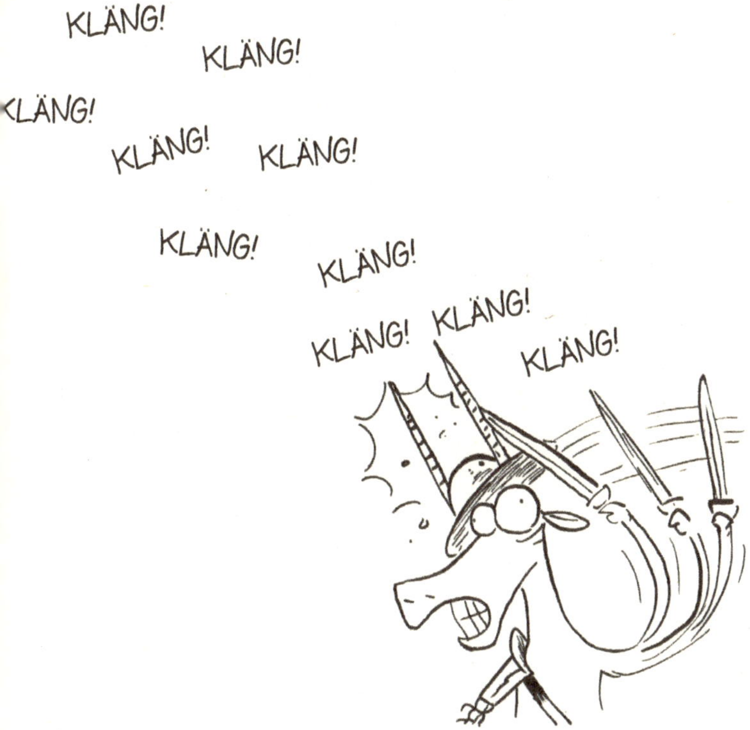

Die Zuschauer waren empört! Das war doch kein Kampf! Ein lautes »BUH« hallte durch das Amphitheater.

»Ich k…kann das nicht!«, schluchzte Felix. »Ich hab zu viel Angst vor Schmerzen.«

»Nicht zu fassen!«, fauchte Julius. Und mit einem mächtigen Schwerthieb schickte er Felix zu Boden.

Das entrüstete Johlen wandelte sich in Jubel und Julius ließ sich feiern.

Nun waren nur noch Lucia und Rufus übrig.

Werden sie die erste Runde überstehen? fragte sich Julius.

Lucia konnte nicht besonders gut kämpfen, aber sie hatte den Vorteil, ein Krokodil zu sein. Ihre langen Zahnreihen verunsicherten ihren Gegner, den großen Schwertkämpfer Spurius, der aufgab, kaum dass sie ihn in den Griff bekommen hatte!

Rufus musste es mit einem besonders großen Brutalo namens Prudes aufnehmen, der genau wie Milus als Retiarius kämpfte, mit Dreizack und Netz. Rufus hatte aber gut trainiert, beherzigte alle goldenen Regeln und konnte seinen Gegner mit etwas langbeinigem Einfallsreichtum ebenfalls besiegen.

Hoch oben in der Kaiserloge genoss Hadrian den Schrecken und Irrsinn der Vorstellung. Septimus saß an seiner Seite und schlürfte Wein.

»Ha ha! Gute Arbeit, Septimus, mein Freund!«, lachte Hadrian und schlug Septimus auf den Rücken, sodass dieser den Wein verschüttete. »Das ist der beste Geburtstagskampf VON ALLEN! Deine Tiere zeigen wirklich KAMPFGEIST!«

»Schon Hadrian, aber sie sind Idioten! Ich bin froh, wenn ich sie los bin.«

Hadrian angelte sich eine in Honig eingelegte Flamingozunge aus einer Schale und stopfte sie in seinen Mund. »Dann wird dich die brillante Idee interessieren, die ich gerade hatte, mein lieber Septimus.«

Unterdessen schrie Plinius unten von der Gladiatorenbank aus Lucia an, die es mit einem geschickten Schwertkämpfer namens Attilus zu tun hatte.

Aber die arme Lucia kam nicht an ihren Gegner heran. Als Attilus mit der Waffe auf sie zukam, schlurfte sie gerade noch rechtzeitig beiseite, doch dann machte sie aus Panik einen WEITEN, aberwitzigen Schwung mit ihrem Schwert.

Plinius drehte völlig durch! »AARGH!! WAS SOLL DENN DAS?!«

Aber es war schon zu spät.

Plinius sank entgeistert auf seinem Platz zusammen und verschränkte die Arme. »Was rege ich mich überhaupt auf?«, jammerte er. »Wie jemand mit einem solchen Kiefer voller messerscharfer Zähne einen Kampf verlieren kann, ist mir unbegreiflich!«

Rufus war der Nächste.

Julius schlug ihm herzhaft auf den Rücken.

»VIEL GLÜCK, RUFUS!«, rief er ihm nach.

»Mach dir nicht zu viel Hoffnung«, flüsterte Plinius. »Er muss gegen Maximilian ran, den zweitbesten nach Victorius!«

Julius musterte Maximilian. Er war wirklich ein gewaltiger Kerl.

»Außerdem kämpft er ziemlich unfair«, fauchte Plinius.

Sofort begann Maximilian, Rufus zu beleidigen. »Du willst ein Gladiator sein?«, rief er. »Kommst mir eher wie ein Bündel ZWEIGE vor!«

Rufus ließ sich das nicht gefallen und fing an, Maximilians gewaltigen Schild mit dem Schwert zu bearbeiten.

Der muskulöse Gladiator sprang lachend zur Seite. »Scheint windig zu sein!«, höhnte er. »Deine jämmerlichen Äste wiegen sich etwas im Wind!«

Dann machte er sich Rufus' Unbeholfenheit zunutze, indem er auf die Giraffe zusprang und ihr heftig auf den Huf trat.

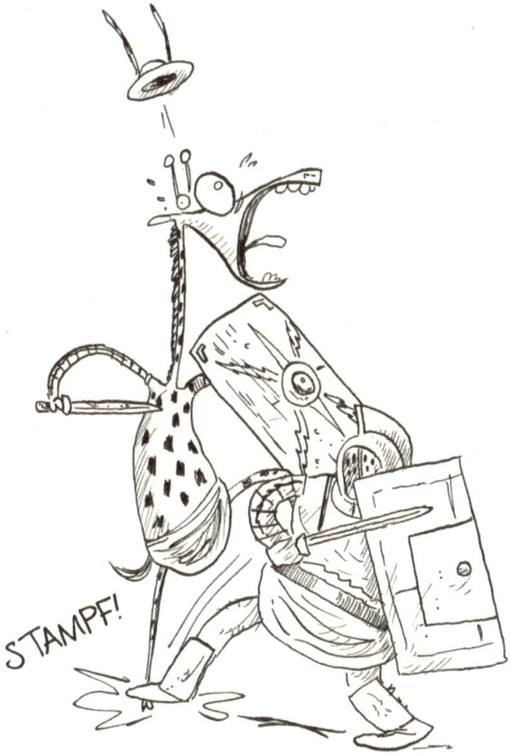

»MEIN FUSS!!!!«, kreischte Rufus und hielt sich den Huf.

Da er abgelenkt war, konnte ihn Maximilian ganz einfach umstoßen und sich triumphierend über ihn stellen!

Die Leute applaudierten, aber Julius und Plinius bargen die Köpfe in ihren Hufen und Pfoten.

»Ich hab's doch gesagt«, meinte Plinius. »Ein gemeiner Schuft, dieser Maximilian!«

Somit blieb Julius als einziges Tier im Wettbewerb übrig. Er musste es jetzt mit Agrippa aufnehmen, der Milus besiegt hatte. Julius hatte allerdings gesehen, wie nahe Milus am Sieg gewesen war, und ging deshalb voller Eifer in den Kampf!

»SEI EIN ZEBRA!«, rief Plinius.

»ABER ICH *BIN DOCH* EIN ZEBRA!«, rief Julius verwirrt zurück.

»ICH MEINE DOCH NUR, DU SOLLST DEINE ZEBRAFÄHIGKEITEN BENUTZEN! AGRIPPA IST ZIEMLICH LAHM!«

Plinius hatte recht. Agrippa hatte gegen den gewandten Julius keine Chance. Er wankte in der Arena herum und haute hilflos Löcher in die Luft, während Julius um ihn herumtanzte.

So dauerte es nicht lange, bis Julius den völlig erschöpften Gladiator ausgeschaltet hatte.

Endlich konnte das Publikum einen wirklichen ZEBRA-SIEG bejubeln!

Der nächste Gegner war allerdings nicht so leicht zu überwinden: es war Maximilian.

»Pass auf«, knurrte Plinius. »Er wird bestimmt nicht so gnädig sein wie die anderen Gladiatoren, wenn du weißt, was ich meine…«

Julius biss die Zähne zusammen und stellte sich dem imposanten Gladiator.

Julius hörte nicht auf ihn, sondern hielt die Augen fest auf seinen allzu selbstsicheren Widersacher gerichtet.

Maximilian griff ihn heftig an, aber Julius blieb standhaft und parierte ein ums andere Mal die Schwerthiebe.

Hadrian hoch oben in der Kaiserloge war fasziniert und gurrte: »Dieses Zebra ist wirklich erstaunlich!«

Sogar Septimus war beeindruckt. Er beugte sich zum Imperator. »Wie man es von einem Schüler des Ludus Magnus erwarten darf.«

Hadrian schnupperte gleichgültig und meinte: »Für einen so eingebildeten Barbaren duftest du verblüffend gut nach edlen Blumen.«

Unten in der Arena hielt Julius noch immer Maximilian stand, der ihn jetzt verhöhnte, indem er wie ein Pferd vor ihm herumtrabte.

»Selbst ein Pony wäre nicht so leichtsinnig!«, rief Julius und schlug Maximilian das Schwert mit einem Hieb aus der Hand. Dann überschüttete er den erschrockenen, waffenlosen Gladiator mit einem ganzen Trommelfeuer von Schlägen.

Maximilian schlug wild um sich, stolperte nach hinten und fiel auf den Hintern.

In der Überzeugung, dass er gewonnen hatte, wandte sich Julius der tobenden Menge zu und stieß seinen Huf in die Luft.

»ACHTUNG!«, schrie Plinius plötzlich von der Seite.

Als sich Julius umdrehte, sah er gerade noch, wie der niederträchtige Victorius dem besiegten Maximilian ein *neues* Schwert über den Sand zuschob.

»DAS DARFST DU NICHT ZULASSEN!«, schrie Julius.

Aber der Summa Rudis winkte nur ab.

»Na, dann wissen wir ja, von wem du dein Geld bekommst!«, knurrte Julius und warf sich voller Wut auf Maximilian. »So leicht lasse ich mir die Chance auf meine Freiheit nicht nehmen!«, tobte er.

Der verblüffte Maximilian hatte dem nichts entgegenzusetzen und wurde von Julius mit einem letzten, gewaltigen Schlag zu Boden gestreckt.

Die Menge raste!

Ihr Held hatte nicht nur den Betrüger besiegt: Julius hatte es – war es zu fassen? – ins Finale geschafft!

Kapitel fünfzehn

Showdown

Hinter den Kulissen wartete schon Plinius auf Julius und brachte ihm Wasser zu trinken. »Sieht aus, als müsstest du wieder gegen Victorius ran. Er hatte es schon vom ersten Tag an auf dich abgesehen, und es ist wohl kein Zufall, dass ihr das Finale bestreitet. Beim nächsten Mal solltest du den Mund halten, wenn du wissen willst, wer die jonglierenden Affen sind – verstanden?«

Auch Julius' andere Freunde kamen zu ihm.

»Viel Glück, Julius!«, wünschte Cornelius beschwingt. »Ich borge dir, wenn du möchtest, meine Glückswindel.«

Julius lehnte dankend ab.

»Tut mir leid, dass ich dich da mit reingezogen habe«, meinte Milus und tätschelte Julius die Schulter. »Aber vielleicht hat es ja so sein sollen!«

»Mann, hat mal jemand eine Kotztüte?«, fragte Plinius und schob Milus beiseite.

Julius holte tief Luft und schloss die Augen. Er stellte sich vor, dass er von seinem dämlichen Bruder einen freundschaftlichen Klaps bekam, während seine Mutter rief, sie sollten den Unsinn lassen. Er öffnete die Augen wieder und biss die Zähne zusammen. »Also schön«, sagte er. »Dann mal los!«

Und so standen sich die beiden Gladiatoren in der Arena gegenüber.

Victorius, der römische Champion und bislang größte Held aller Zeiten.

Und Julius, der in einer Welt um sein Leben kämpfte, von der er bis vor wenigen Wochen noch nie etwas gehört hatte.

Kann ich ein anderes Zebra sein? dachte er. *Kann ich beweisen, dass ich mehr bin als nur ein feiger Nichtsnutz?*

Die Trompeten bliesen zum Finale und unterbrachen Julius' Gedanken. Das Publikum jubelte.

»Hör mal, Zebra«, flüsterte Victorius. »Ein Vorschlag: Wenn du dich ergibst, werde ich dein Leben verschonen. Ich kenne da ein Landgut in Hispania – mit den vielleicht besten Stallungen des Reiches. Sag nur ein Wort und es gehört dir …«

»NIEMALS!«, rief Julius und stieß mit dem Schwert zu.

Victorius parierte den Hieb ohne Mühe. »Jetzt dreh bloß nicht durch«, höhnte er. »Dort lassen sie nur die *besten* Pferde zu – sogar *gestreifte!*«

»KLAPPE!« Julius vollführte einen ganzen Wirbel von Stößen, die Victorius allesamt abwehrte und ihn unterdessen weiter reizte.

»Und nur das allerfeinste Heu ...«

»Römer, du redest zu viel!«, entgegnete Julius und bearbeitete Victorius so heftig er nur konnte.

Victorius musste zurückweichen. Aber die Schwerter schlugen weiter aufeinander, bis Julius Waffe nach einem gewaltigen Schlag in hohem Bogen durch die Luft flog und weit hinter ihm landete.

»Du bist ein Narr, Zebra«, rief Victorius. »Ich habe dir eine Chance gegeben, aber du hast sie ausgeschlagen. Das war ein Fehler, und für den wirst du bezahlen: mit deinem LEBEN!

Julius strauchelte. *Uh-oh. Das war's dann wohl,* dachte er. *Das ist das Ende.*

Doch als sich Victorius zum letzten Schlag bereit machte, rief jemand laut:

Julius fing das Schwert aus der Luft auf.

»BETRUG!«, schrie Victorius und zeigte zur Tribüne. »IHR HABT'S ALLE GESEHEN! DER LÖWE HAT IHM GEHOLFEN!«

Die römischen Wachen stürmten heran, um Milus festzunehmen, aber er rief nur: »Und? Was wollt ihr jetzt tun? Mich den Löwen vorwerfen? Mit meinen alten Freunden wollte ich mich schon längst mal wieder unterhalten!«

Victorius war sauer! Blind vor Wut schlug er nach Julius und trommelte gnadenlos auf seinen Schild ein. »WAS IST DAS NUR MIT EUCH TIEREN?«, schrie er.

Julius blieb konzentriert. Er wartete. Und wartete. Auf den perfekten Moment zum Zuschlagen.

Und dann kam er. Victorius brach wieder einmal die goldene Regel und hob den Arm, um für den entscheidenden Schlag auszuholen.

Julius verlor keine Zeit.

Victorius war bewusstlos.

Julius sank auf die Knie.

ZEBRA
ZEBRA
ZEBRA
ZEBRA
ZEBRA

ZEBRA
ZEBRA
A
ZEBRA
ZEBRA
Puh.

Julius konnte kaum glauben, dass er noch am Leben war. Er wollte aufstehen, brach aber vor Erschöpfung zusammen. Am Rand der Arena warteten all seine besiegten Freunde. Jetzt kamen sie zu ihm gelaufen.

»Einfach fantastisch!«, seufzte Cornelius. »Du hast es diesen römischen Idioten wirklich gezeigt!« Er hob Julius an den Achselhöhlen hoch. »Ich werde dich nie wieder unterschätzen!«

Felix umarmte ihn ergriffen. »Ich verzeihe dir, dass du mich (gewissermaßen) k.o. geschlagen hast. Jetzt geh nur und genieß deine Freiheit – du hast sie dir verdient! Der Weg zu Ruhm und Ehre steht dir offen!«

»Aber was ist mit euch? Was wird mit euch geschehen?«, keuchte Julius.

Lucia kam zu ihm und drückte ihn ganz fest. Sie flüsterte ihm ins Ohr: »Keine Sorge, wir haben schon einen neuen tollen Fluchtplan!« Sie zog ein dickes Bündel verfilzter Haare hervor. »Ich habe JEDE MENGE griechische Bärte gefunden …«

Am anderen Ende erhob sich der sichtlich schockierte Hadrian von seinem prunkvollen Sitz und hob die Hand.

Die Menge verstummte.

»Zebra! Du hast heute tapfer gekämpft – wie schon vor vielen Wochen, als wir dich zum ersten Mal sahen. Dein Heldenmut und deine Tapferkeit haben manchen von uns überrascht. Es ist mir daher eine große Freude, dir an diesem meinem Geburtstag dies hölzerne Schwert – das Rudis – als Zeichen deiner wohlverdienten Freiheit zu überreichen!«

Julius wartete, bis sich der Jubel etwas gelegt hatte und meinte zum Kaiser: »Hadrian, ich danke dir für diesen Preis. Ich kann ihn aber nicht annehmen.«

Allen stockte der Atem. Selbst Hadrian trat vor Schreck einen Schritt zurück.

»Nicht, so lange meine Freunde noch um *ihre* Freiheit kämpfen«, fuhr Julius fort. »Dann, und nur dann – wenn auch der Letzte von uns frei ist – werde ich diese Ehre von dir annehmen!«

Nach einer kurzen Pause brach die Menge erneut in begeisterte Sprechchöre aus und rief: »ZEBRA! ZEBRA! ZEBRA!«

Hadrian antwortete: »Zebra, du bist entweder sehr weise oder sehr töricht. Nur die Zeit weiß die Antwort darauf.« Damit verschwand er in seinem Palast, während ihm das Wort ZEBRA noch lange in den Ohren klang.

Nachwort

Nahe der nordafrikanischen Küste, sechshundert Meilen entfernt, knarrte eine heruntergekommene, alte Arena von etwa einem Viertel der Größe des gewaltigen Kolosseums im stürmischen Seewind.

Nur wenige Zuschauer waren gekommen, um die zweitklassigen Gladiatoren zu sehen, denn die Besten waren alle bei Hadrians Geburtstagsturnier in Rom. Es gab aber Lokalhelden, die immer für einen guten Kampf gut waren, darunter Crixus – ein Koloss von einem Mann –, der immer das Eintrittsgeld wert war.

Dort stand er nun in der Mitte der Sandfläche und wartete auf seinen Gegner.

Crixus packte seine mit Stacheln überzogene Keule und musterte verwundert die seltsame Gestalt, die eben hereinkam.

Sieht wie ein Pferd aus, dachte er. *Ein seltsames, gestreiftes Pferd.*

»He! Was soll der Blödsinn!«, rief er. »Ich kämpfe doch nicht gegen ein Pferd!«

Das gestreifte Pferd warf seinen Umhang zurück und zog ein Schwert, das in der Sonne glänzte. »Kein Pferd«, sagte es. »Ein Zebra.«

FORTSETZUNG FOLGT ...

Römische Zahlen

1	I	6	VI	11	XI	20	XX	70	LXX
2	II	7	VII	12	XII	30	XXX	80	LXXX
3	III	8	VIII	13	XIII	40	XL	90	XC
4	IV	9	IX	14	XIV	50	L	100	C
5	V	10	X	15	XV	60	LX	200	CC

Garys Wörterbuch

ABERGLAUBE: Die Römer sahen in allem gute oder schlechte Vorzeichen: der Form einer Wolke, dem Bellen eines Hundes oder wenn man am Wochenende die falschen Sandalen trug… Glücklicherweise glaube ich – als Zwilling – heute nicht mehr an solchen Unsinn.

AD GREGATIM: Ein zu besonderen Anlässen ausgetragener Kampf in größeren Gruppen. Dabei werden historische oder mythologische Schlachten nachgespielt, manchmal sogar Seeschlachten mit echten Schiffen in einem gefluteten Amphitheater!

AD INFINITUM: Lateinischer Begriff für etwas, das sich endlos hinzieht (wie das Gelaber eines Warzenschweins).

AMPHITHEATER: Ein ovales Freilufttheater der Antike, in dem eher blutige als lustige oder sportliche Unterhaltung geboten wurde. Hier kämpften Gladiatoren gegeneinander oder gegen wilde Tiere um ihr Leben. Das Publikum liebte das – je blutiger, desto besser! Der Eintritt war umsonst und manche Amphitheater hatten 50000 Plätze; man konnte also mit der Familie den ganzen Tag hier verbringen.

AQUÄDUKT: Die Römer waren sehr reinlich. Frischwasser erhielten sie auch über große Distanzen über ausgeklügelte Leitungssysteme bis in ihre Häuser und Badeanstalten. Das Wasser war so sauber, dass selbst Julius davon trinken konnte.

BARACKE: Hier lebten die Gladiatoren. Wer im Ludus Magnus trainierte, musste mit sehr kleinen Zimmern (ein paar sind bis heute noch erhalten) zufrieden sein, wo höchstens für eine winzige Steinsammlung Platz war.

CENTURIO: Ein Soldat der römischen Armee, der 80 oder mehr Männer (Centurie) befehligte. Centurios trugen große Helme mit Federn, mit denen sie andere überragten. Der Stab des Centurio war sein Rangabzeichen, aber er konnte einem damit ebenso gut eins überziehen.

CIRCUS MAXIMUS: Ein ungeheuer großes Stadion für Wagenrennen, in dem bis zu 250000 Zuschauer Platz fanden – ein Viertel der Einwohner Roms. Einen Freund konnte man dort nur finden, wenn er einen sehr langen Hals hatte (oder einen riesigen Schnurrbart).

DREIZACK: Ein Speer mit drei scharfen Spitzen, wie ihn der Retiarius im Kampf trug.

FAMILIA GLADIATORIA: Diese Leute führten die Gladiatorenschule. Am wichtigsten war der Lanista, der neue Gladiatoren anwarb, das Training leitete und alle Kämpfe organisierte – alles in allem ein ziemlich stressiger Job.

FRÜHLINGSÄQUINOKTIUM: Der Tag, an dem Tag und Nach gleich lang sind. Ein Glückstag, wenn man auch noch die richtige Hose anhat.

GALLIEN: So nannten die Römer das, was wir heute als Frankreich, Belgien und die Niederlande kennen. Dort sind buschige Schnurrbärte noch immer beliebt.

GERMANIEN: Ungefähr das, was jetzt Deutschland ist, aber wirklich nur ungefähr. Auch dort schätzt man Schnurrbärte bis heute.

GERMANISCHE WÄLDER: Während die Römer mit den Galliern in den Gallischen Kriegen leicht fertig wurden, hatten sie in Germanien weit weniger Erfolg. Im Jahr 9 n. Chr. wurden sie im Teutoburger Wald vernichtend geschlagen. Deshalb traf man Römer nur im Wald an, wenn sie einen kräftigen Tritt ins Hinterteil bekommen hatten.

GLADIATOR: Sie kämpften in den Arenen des Römischen Reiches zur Unterhaltung des Publikums gegen andere Gladiatoren oder wilde Tiere. Gladiatoren waren Sklaven, Kriminelle oder Wagemutige.

GLADIATORENEID: Durch Ablegen des Sacramentum Gladiatorium »uri, vinciri, verberari, ferroque necari« (»Ich werde mich auspeitschen, fesseln, brennen und durch das Schwert töten lassen«) verpflichtete man sich zum Dienst für die Gladiatorenschule – mit wenig Aussicht, jemals die Freiheit zu erlangen.

GLADIUS: Das gängige Schwert der römischen Armee, dem wir übrigens den Begriff »Gladiator« verdanken. Es war kurz und leicht und eignete sich besonders als Stichwaffe.

HISPANIA: Der römische Name für die Iberische Halbinsel, die heute Spanien, Portugal, Andorra und Gibraltar umfasst. Auch die Hispanier hatten Schnurrbärte, aber weniger buschige.

JUPITER: Der Gott von Blitz und Donner und einer der Lieblingsgötter der Römer. Man rief ihn beispielsweise an, wenn man sich den Zeh gestoßen oder mit einer Nadel gestochen hatte.

KAISER HADRIAN: Er regierte das Römische Reich 117-138 n. Chr., verbrachte aber kaum Zeit in Rom. Er reiste lieber durch das ganze Reich, um sicherzustellen, dass alles in Ordnung war. Auf einer Reise nach Britannien erbaute er eine sehr lange Mauer – den Hadrianswall – um die Pikten, einen nordschottischen Volksstamm, von England fernzuhalten.

KAISERLICHE LOGE: Auf diesem erhöhten Podium hatte der Kaiser bei allen Vorführungen im Kolosseum seinen Platz. Die Loge war reich geschmückt mit einem seidenen Baldachin und goldenen Ornamenten. Sie war wirklich nicht zu übersehen.

KOLOSS: Der 30 m Meter hohe Koloss von Rhodos löste in der Antike eine ganze Welle riesiger Bronzestatuen aus, die Götter oder Kaiser darstellten. In Rom stand der Koloss gleich neben dem Flavischen Amphitheater, dem er den Namen gab, unter dem wir es bis heute kennen – Kolosseum!

KOLOSSEUM: Dieses größte Amphitheater des Römischen Reiches lag mitten im Zentrum von Rom und fasste 80 000 Zuschauer. Hier konnte man Spektakel wie Venatio, Seeschlachten und natürlich Gladiatorenkämpfe miterleben! Dieses aus Beton und Stein errichtete Paradebeispiel römischer Baukunst steht noch heute!

LANISTA: Der Chef der Gladiatorenschule. Weil er so viel zu tun hatte, belästigte man ihn lieber nicht wegen einem kratzenden Subligaculum.

LEPTIS MAGNA: Eine Hafenstadt in Nordafrika, die zu Karthago gehört hatte, das Rom im Dritten Punischen Krieg 146 v. Chr. erobert hatte. Heute zählt die Stadt zu den am besten erhaltenen römischen Städten.

LUDUS MAGNUS: Die größte und angesehenste Gladiatorenschule in Rom. Sie wurde zwischen 81 und 96 v. Chr. erbaut, lag direkt neben dem Kolosseum und war über einen Tunnel mit diesem verbunden.

PALUS: Ein großer, im Boden verankerter Holzpfahl für das Training mit dem Schwert in der römischen Armee. Der Pfahl war der gedachte Gegner, was besonders nützlich gewesen wäre, wenn Rom hauptsächlich gegen Bäume gekämpft hätte.

POENA CULLEI: Eine äußerst seltsame Bestrafung; der Verurteilte wurde zusammen mit einer Schlange, einem Hund, einem Hahn und einem Affen in einen Ledersack genäht und dann zum Ertrinken in einen Fluss geworfen. Zweifellos wurde unterwegs auch das eine oder andere Mal Jupiter angerufen.

PORTUS AUGUSTI: Der wichtigste Hafen in dem wilde Tiere aus Afrika anlandeten. Von dort wurde die unglückselige Fracht über Kanäle oder auf der Straße in die Stadt Rom gebracht.

QUÄSTOR: Er regelte bei den Spielen im Kolosseum alles, was Geld anging. Für Zebras zahlte er besonders gut – für Warzenschweine eher etwas weniger ...

RETIARIUS: Ein Gladiator, der mit Dreizack und Netz kämpfte – ein bisschen wie ein Fischer (aber ein lausiger Fischer, der einen mit dem größten Vergnügen und nur zum Spaß töten konnte).

RÖMISCHE STRASSEN: Die Römer liebten gerade Straßen; so kam man schneller von einem Ort zum anderen. Viele römische Straßen haben sich bis heute erhalten. Wenn man irgendwo auf einer geraden Straße fährt, stammt sie höchstwahrscheinlich aus der Römerzeit. Weil sie gerade ist.

RUDIS: Wer als Gladiator das Glück hatte, seine Freiheit zu gewinnen, bekam das ersehnte Rudis verliehen – ein kleines Holzschwert, das sich später gut auf dem Kaminsims des Gladiators machte.

SCHLACHT VON ALESIA: Für den römischen General Julius Cäsar eine wichtige Schlacht, die im Jahr 52 n. Chr. ausgetragen wurde. Nach dem Sieg über die lästigen Gallier konnte er seine Macht in Rom festigen und wurde sechs Jahre später zum Kaiser.

SCISSOR: Ein furchterregender Gladiator, der mit einer wie ein Halbmond geformten Klinge bewaffnet war.

SESTERZEN: Ein Sesterz war eine römische Münze. Brot kostete etwa einen halben Sesterzen, ein Esel 500 Sesterzen. Wer weiß, wie viele Tausend Sesterzen man für ein Zebra bezahlen musste ...

STREITWAGEN: Ein zweirädriger, von zwei (manchmal vier) Pferden gezogener Wagen, mit dem man sich auf dem Schlachtfeld rasch bewegen konnte. Es gab sie schon seit Tausenden von Jahren, als die Römer sie für ihre Rennen und Feste einführten. Man verwendete nicht nur Pferde, sondern auch Hunde, Tiger, Strauße und sogar Zebras als Zugtiere!

SUBLIGACULUM: Ein Lendentuch (ein bisschen wie eine große Windel), das meist von Soldaten und Gladiatoren getragen wurde. Kratzen und Wundscheuern war häufig ein Thema.

SUMMA RUDIS: Der Schiedsrichter bei Gladiatorenkämpfen. Betrug ließ er nicht zu – jedenfalls nicht für weniger als 1000 Sesterzen.

VENATIO: Vor den Gladiatorenkämpfen bot man dem römischen Publikum den Anblick Tausender wilder Tiere, die aus dem ganzen Reich angeliefert worden waren, und dann zur blutrünstigen Unterhaltung von den Venatores gejagt und getötet wurden. Dazu war die Arena sogar mit Bäumen dekoriert, sodass sie wie ein echter Wald aussah!

VENATORES: Diese speziellen Gladiatoren jagten in der wie ein Wald dekorierten Arena zur Unterhaltung der Zuschauer wilde Tiere. Manchmal brachten die Venatores Tieren auch Zirkustricks bei – Affen beispielsweise das Jonglieren.

WAGENRENNEN: Bei den spektakulären und manchmal tödlich ausgehenden Rennen im Circus Maximus mussten die Wagen sieben Runden fahren. Die römischen Bürger unterstützten ihr Team – die Roten, Grünen, Blauen oder Weißen – mit so großer Leidenschaft, dass während des Rennens manchmal sogar Tumulte ausbrachen!

Gary Northfield

JULIUS ZEBRA

Julius Zebra erobert die Welt!

»Super witzig gezeichnet und erzählt
und nebenbei lernt man auch noch was!«
WDR KiRaKa

Raufen mit
den Römern
Band 1, 288 Seiten,
ISBN 978-3-570-16392-4

Boxen mit
den Briten
Band 2, 288 Seiten,
ISBN 978-3-570-16393-1

Ärger mit
den Ägyptern
Band 3,320 Seiten,
ISBN 978-3-570-16490-7

Gerangel mit
den Griechen
Band 4, 320 Seiten,
ISBN 978-3-570-17621-4

10411

cbj

www.cbj-verlag.de

Jory John/Mac Barnett

MILES & NILES

Im Streichespielen sind Miles & Niles die Größten.
Schon jeder für sich war ein Meister seines Fachs – aber jetzt, wo sie sich zusammengeschlossen haben, sind sie ein unschlagbares Trickser-Duo!
Oder zumindest dachten sie das …

Hirnzellen im Hinterhalt
Band 1, 224 Seiten,
ISBN 978-3-570-16367-2

Schlimmer geht immer
Band 2, 224 Seiten,
ISBN 978-3-570-16442-6

Jetzt wird's wild
Band 3, 224 Seiten,
ISBN 978-3-570-16467-9

Einer geht noch
Band 4, ca. 224 Seiten,
ISBN 978-3-570-17554-5

10402_4